中國語言文字研究輯刊

二二編
許學仁 主編

第11冊

戰國楚系簡帛文字部件增繁研究

陳厚任 著

花木蘭文化事業有限公司

國家圖書館出版品預行編目資料

戰國楚系簡帛文字部件增繁研究／陳厚任 著 -- 初版 -- 新北
市：花木蘭文化事業有限公司，2022〔民 111 〕
目 6+208 面；21×29.7 公分
（中國語言文字研究輯刊 二二編；第 11 冊）
ISBN 978-986-518-837-5（精裝）
1.CST：簡牘文字 2.CST：帛書 3.CST：研究考訂
802.08   110022447

ISBN-978-986-518-837-5

中國語言文字研究輯刊
二二編   第十一冊   ISBN：978-986-518-837-5

戰國楚系簡帛文字部件增繁研究

作　　者　陳厚任
主　　編　許學仁
總 編 輯　杜潔祥
副總編輯　楊嘉樂
編輯主任　許郁翎
編　　輯　張雅淋、潘玟靜、劉子瑄　美術編輯　陳逸婷
出　　版　花木蘭文化事業有限公司
發 行 人　高小娟
聯絡地址　235 新北市中和區中安街七二號十三樓
　　　　　電話：02-2923-1455 ／傳真：02-2923-1452
網　　址　http://www.huamulan.tw 信箱　service@huamulans.com
印　　刷　普羅文化出版廣告事業
初　　版　2022 年 3 月
定　　價　二二編 28 冊（精裝）　台幣 92,000 元　　版權所有‧請勿翻印

戰國楚系簡帛文字部件增繁研究

陳厚任 著

作者簡介

陳厚任，台中市豐原人，現為中正大學中文所博士候選人，中正大學中文系、台灣體育大學通識中心兼任講師，主要研究領域為古文字學、出土文獻，發表有《戰國楚系簡帛文字部件增繁研究》、〈《上博（八）顏淵問於孔子》析論〉、〈「用飲元 乘馬匜」再探——兼論匜器諸點〉、〈清華大學藏戰國竹簡（捌）《邦家處位》劄記三則〉等學術論文。

提　要

　　簡帛文字指書寫於竹簡或縑帛上之文字，戰國楚系竹簡因出土數量豐富，總字數已超過10萬字，較其他系別文字材料而言相對豐富，故成為研究戰國文字之重要材料。

　　戰國文字中常可見文字形體增繁情形，並可依方式區分為筆畫及部件兩種。筆畫增繁多為追求構形之對稱或裝飾所增，對文字解讀影響較小，然部件增繁之使用情形及其目的，雖已見於前人討論，但仍未見以單一系別進行全面性的觀察及研究。故本文以楚系簡帛文字為觀察對象，以歷時、共時，及各種不同載體、系別之文字材料對比，分析其在簡帛文例中的使用，解讀增繁部件的書寫意義。

　　透過全面性的探討楚系簡帛文字中部件增繁的使用情形，就漢字構形演變的角度觀看其代表意義，以期對於戰國文字中的部件增繁有更深入的了解。

目

次

表格目次

引用書目簡稱對照表

甲骨文	
簡　　稱	全　　稱
乙	殷虛文字乙編
甲	殷虛文字甲編
合	甲骨文合集
佚	殷契佚存
京津	戰後京津新獲甲骨集
京都	京都大學人文科學研究所藏甲骨文字
河	甲骨文錄
前	殷虛書契前編
寧滬	戰後寧滬新獲甲骨集
戩	戩壽堂所藏殷虛文字
福	福氏所藏甲骨文字
鐵	鐵雲藏龜

金　文	
簡　　稱	全　　稱
吳匯	吳越文字彙編
集成	殷周金文集成
銘文選	商周青銅器銘文選
遺珍	海外遺珍・銅器

楚系簡帛文字	
簡　稱	全　稱
仰二五	長沙仰天湖 25 號墓竹簡
常二	常德市德山夕陽坡 2 號墓竹簡
天卜	江陵天星觀 1 號墓卜筮簡
天策	江陵天星觀 1 號墓遣策簡
雨二一	江陵雨臺山 21 號墓竹律管墨書文字
磚三七〇	江陵磚瓦廠 370 號墓竹簡
秦一	江陵秦家嘴 1 號墓竹簡
秦一三	江陵秦家嘴 13 號墓竹簡
秦九九	江陵秦家嘴 99 號墓竹簡
包二	荊門包山 2 號墓竹簡
信一	信陽 1 號墓竹書簡
信二	信陽 1 號墓遣策簡
曾	曾侯乙墓竹簡
帛甲	長沙子彈庫楚帛書甲篇
帛乙	長沙子彈庫楚帛書乙篇
帛丙	長沙子彈庫楚帛書丙篇
包簽	荊門包山 2 號墓竹簽
望一	江陵望山 1 號墓竹簡
望二	江陵望山 2 號墓竹簡
九・五六	江陵九店 56 號墓竹簡
郭・老甲	荊門郭店楚墓竹簡・老子甲
郭・老乙	荊門郭店楚墓竹簡・老子乙
郭・太	荊門郭店楚墓竹簡・太一生水
郭・緇	荊門郭店楚墓竹簡・緇衣
郭・魯	荊門郭店楚墓竹簡・魯穆公問子思
郭・窮	荊門郭店楚墓竹簡・窮達以時
郭・五	荊門郭店楚墓竹簡・五行
郭・唐	荊門郭店楚墓竹簡・唐虞之道
郭・成	荊門郭店楚墓竹簡・成之聞之
郭・尊	荊門郭店楚墓竹簡・尊德義
郭・性	荊門郭店楚墓竹簡・性自命出
郭・六	荊門郭店楚墓竹簡・六德

郭‧語一	荊門郭店楚墓竹簡‧語叢1
郭‧語二	荊門郭店楚墓竹簡‧語叢2
郭‧語三	荊門郭店楚墓竹簡‧語叢3
郭‧語四	荊門郭店楚墓竹簡‧語叢4
上（一）‧孔	上海博物館藏戰國楚竹書（一）孔子詩論
上（一）‧紂	上海博物館藏戰國楚竹書（一）紂衣
上（一）‧性	上海博物館藏戰國楚竹書（一）性情論
上（二）‧民	上海博物館藏戰國楚竹書（二）民之父母
上（二）‧子	上海博物館藏戰國楚竹書（二）子羔
上（二）‧魯	上海博物館藏戰國楚竹書（二）魯邦大旱
上（二）‧從甲	上海博物館藏戰國楚竹書（二）從政甲篇
上（二）‧昔	上海博物館藏戰國楚竹書（二）昔者君老
上（二）‧容	上海博物館藏戰國楚竹書（二）容成氏
上（三）‧周	上海博物館藏戰國楚竹書（三）周易
上（三）‧中	上海博物館藏戰國楚竹書（三）中弓
上（三）‧彭	上海博物館藏戰國楚竹書（三）彭祖
上（四）‧采	上海博物館藏戰國楚竹書（四）采風曲目
上（四）‧逸	上海博物館藏戰國楚竹書（四）逸詩
上（四）‧昭	上海博物館藏戰國楚竹書（四）昭王毀室　昭王與龔之脽
上（四）‧柬	上海博物館藏戰國楚竹書（四）柬大王泊旱
上（四）‧內	上海博物館藏戰國楚竹書（四）內豊
上（四）‧相	上海博物館藏戰國楚竹書（四）相邦之道
上（四）‧曹	上海博物館藏戰國楚竹書（四）曹沫之陳
上（五）‧競	上海博物館藏戰國楚竹書（五）競建內之
上（五）‧鮑	上海博物館藏戰國楚竹書（五）鮑叔牙與隰朋之諫
上（五）‧季	上海博物館藏戰國楚竹書（五）季庚子問於孔子
上（五）‧姑	上海博物館藏戰國楚竹書（五）姑成家父
上（五）‧君	上海博物館藏戰國楚竹書（五）君子為禮
上（五）‧弟	上海博物館藏戰國楚竹書（五）弟子問
上（五）‧三	上海博物館藏戰國楚竹書（五）三德
上（五）‧鬼	上海博物館藏戰國楚竹書（五）鬼神之明　融師有成氏
新	新蔡葛陵楚墓竹簡

秦系文字	
簡　稱	全　　稱
睡・語	睡虎地秦墓竹簡・語書
睡・秦	睡虎地秦墓竹簡・秦律十八種
睡・效	睡虎地秦墓竹簡・效律
睡・雜	睡虎地秦墓竹簡・秦律雜抄
睡・法	睡虎地秦墓竹簡・法律答問
睡・封	睡虎地秦墓竹簡・封診式
睡・為	睡虎地秦墓竹簡・為吏之道
睡・日甲	睡虎地秦墓竹簡・日書甲種
睡・日乙	睡虎地秦墓竹簡・日書乙種

晉系文字	
簡　稱	全　　稱
侯	侯馬盟書

陶　文	
簡　稱	全　　稱
圖錄	陶文圖錄

璽印文字	
簡　稱	全　　稱
文編	古璽文編
璽彙	古璽彙編

貨幣文字	
簡　稱	全　　稱
先秦編	中國錢幣大辭典　先秦編

第一章　緒　論

第一節　研究動機與目的

　　戰國楚簡自 1950 年代起在湖南、湖北、河南等地陸續出土，數量達 28 批，已知總書寫字數超過 10 萬字，這些出土材料可補充及佐證文學、史學、數術、先秦思想史等領域的空缺。戰國文字材料除楚系、秦系外，各系相對較少，而楚、秦二系相比，又以楚系為最多，李學勤有以下評論：

> 楚文字在已見戰國文字資料中，所占比例最大，數量最多，這一方
> 面因為其時楚國疆域遼闊，文化發達，另一方面則是由於楚地大多
> 卑濕，墓葬封閉良好，以致文字材料得以保存。最值得稱道的，是
> 楚國的簡帛，文長字多，並且不少能與傳世文獻對比校勘，從而解
> 開一系列長期懸而不決的難題。〔註1〕

　　楚系簡帛文字為戰國文字資料之大宗，出土簡帛資料豐富、性質全面，李學勤對楚系文字在戰國文字研究中的價值亦有以下評論：

> 我們現今積累的關於戰國文字的知識多得於楚文字，那麼我們有關
> 楚文字的了解又大部份依靠簡帛，由此類推隅反，不難把握複雜多

〔註1〕李守奎：《楚文字編》（上海：華東師範大學出版社，2003），李學勤序，頁2。

變的戰國文字的規律。〔註2〕

故本文選擇以楚系簡帛文字為觀察戰國文字的對象。

　　而使用出土簡帛等材料研究戰國文字的第一步便是識字，戰國文字一大特色便是形體紛雜，假借甚多。初入門戰國文字，首先需要了解其形體不同的情況才能順利通讀。在筆者初學習戰國文字時，最感困難之處便是戰國文字有著書寫形體不一、方位互作、偏旁互換、假借使用等情形，正如湯餘惠所言：

> 傳統古文發展到戰國階段，……字形本身的表意性逐漸淡薄而逐漸蛻化為由筆畫、偏旁組成，……戰國文字畢竟沒有經過統一的有意識的規範整理過程，所以用來書寫每一個字所用筆畫、偏旁的情況往往不能一致。〔註3〕

這些情況大幅增加了學習戰國文字的困難度。而戰國文字演變中的繁化情形正是造成形體不一的原因之一，且字形繁化除增添後世檢視古文字之困難，亦造成雖為一字，但形體多元等情況。這種演變，如未將漢字由縱向位置的比對，以及橫向角度的研究，便無法清楚地觀察通徹，很可能以一己之見造成如唐蘭所言：「冥思默索、獨標懸解、穿鑿附會自詡能事。」〔註4〕等情況。

　　戰國文字，為殷周文字與秦漢文字之間有著承啟關係的過渡時期文字，雖然文字組成構件的位置已漸趨固定，但仍有使用筆畫、部件改變文字結構等情形，這些方式的使用情形、目的相當多元，說明漢字在戰國時期仍處於持續演化的過程。筆者在檢視楚系簡帛時注意到文字中使用筆畫、部件繁化的情形極為常見，前人研究中，將增添部件之目的分為有義與無義兩類，而針對筆畫增繁時作為區別符號、裝飾符號等課題，已有許多討論和研究，但部件增繁的使用意涵及情況雖在眾多前輩學者討論下已有了初步的認識和假設，但仍未見到較全面性檢視的討論和比較結果。筆者亦對漢字在戰國時期的增添部件情形感到好奇，此一現象在漢字的發展演變中，對形體結構造成何種影響？其中的認定標準為何？且究竟為無意增繁還是有其特殊用意？

〔註2〕摘自張守中：《包山楚簡文字編》（北京：文物出版社，1996），李學勤序，頁4。
〔註3〕湯餘惠：〈略論戰國文字形體研究中的幾個問題〉，《古文字研究》第十五輯（北京：中華書局，1986），頁9。
〔註4〕唐蘭：《古文字學導論》（濟南：齊魯書社，1981），頁9。

　　《中國異體字大系・篆書篇》中對於經常被認為無意增繁的「羨符」有這麼一段敘述：

> 羨符的存在往往並非「無意」。……羨符或被稱為「無意偏旁」，然而，這種所謂「無意」往往經不起推敲。……可見在其他層面來看，羨符並非真正的無意。〔註5〕

此對於被命名為「羨符」的漢字繁增部件有不同於前人的看法。以往認為「羨符」是漢字使用者在書寫漢字時所增添的部件，其目的通常是為了圓滿漢字書寫的結構性，存在與否與漢字本身表意無關。而「羨符」的使用無論解釋為無意識增加或無意義增加皆有可再商榷釐清之處，且其對於漢字使用的內外緣環節有何種意義以及作用，此即筆者欲在本文處理及討論的重點。

　　本文利用楚系簡帛文字與甲、金文及小篆等文字做歷時與共時的比對，冀能釐清楚系簡帛文字部件繁化的情形，進而藉此掌握漢字中的部件繁化的大致狀況，亦期望藉由本文對部件繁化的分析在戰國文字的釋讀工作能有些許助益。

第二節　研究範疇、方法與步驟

一、研究範疇

　　本文以楚系簡帛文字為主要研究範圍，故以收錄楚系簡帛文字之兩本工具書——《楚系簡帛文字編》〔註6〕以及《上海博物館藏戰國楚竹書（一～五）》〔註7〕兩書為主要檢索對象，挑選楚系簡帛文字中有偏旁增繁情形的字。

　　另本文亦輔以個別楚簡之文字編以及使用各楚簡的出土報告中的釋文及圖版加以對照，希望藉由不同資料的互相對比，以求資料之全面及正確。以下表列各文字編之特色以及所使用之楚簡出土報告書目。

〔註5〕劉志基、張再興主編：《中國異體字大系・篆書篇》（上海：上海書畫出版社，2007），前言頁4。

〔註6〕滕壬生：《楚系簡帛文字編》（增訂本）（武漢：湖北教育出版社，2008）。

〔註7〕李守奎、曲冰、孫偉龍：《上海博物館藏戰國楚竹書（一～五）文字編》（北京：作家出版社，2007）。

表 1-2-1　本文參考之各文字編及書目特色介紹

出版年代	書　名	特　色
1985	《楚帛書》〔註8〕	該書分兩部分，一為饒宗頤對楚帛書之概述及內容性質試說，另一則為曾憲通之楚帛書文字編與研究心得。
1992	《包山楚簡文字編》（張、袁本）〔註9〕	字形按照《康熙字典》順序編排，隸定字形後與小篆、《說文》古文、《說文》籀文做比較，相合或相近者以不同符號區隔。字例選用原簡圖片，每字附原簡號，另編有「包山楚簡與其他戰國文字對照資料通檢」。書末附圖版及釋文。
1993	《長沙楚帛書文字編》〔註10〕	以饒宗頤藏楚帛書紅外線照片編製，字形為摹寫，但力求精確，與照片一致。採蔡季襄所定序次，以隸定筆畫多寡排列字頭順序，筆畫相同則以起筆相次為先後，字下附饒宗頤及各家說解及作者之解。
1996	《包山楚簡文字編》（張本）〔註11〕	字例雖用臨摹，但摹寫精好，可補照片不足，且釋文準確，博採各家之說，擇善而從。每字下注編號，可作索引，便利使用者查閱。
1997	《曾侯乙墓竹簡文字編》〔註12〕	字形按照《康熙字典》順序編排，與一般文字編常用《說文》部首不同，但每字旁皆附原簡號碼，方便查詢。
2000	《郭店楚簡文字編》〔註13〕	收錄文字採典型字例，重複字形僅作統計，字形部分結合手工臨摹和電腦掃描兩種方式，使摹字形體準確，字跡清晰。
2006	《郭店楚簡研究·第一卷·文字編》〔註14〕	字形按照《康熙字典》順序編排，隸定字形後與小篆、《說文》古文、《說文》籀文比較，相合或相近者以不同符號區隔。書末附圖版及釋文。
2007	《望山楚簡文字編》〔註15〕	該書按中華書局《望山楚簡》釋文，凡有所修正，則多採諸家之說，反映當時之研究成果，亦含作者研究心得。
2008	《新蔡葛陵楚簡文字編》〔註16〕	凡出現於大象出版社《新蔡葛陵楚墓》一書中之文字，不計重複全數收錄，字頭以小篆隸定，並以《說文》大徐本順序排列，《說文》無之字則以隸定為字頭。

〔註 8〕饒宗頤、曾憲通：《楚帛書》（香港：中華書局香港分局，1985）。
〔註 9〕張光裕、袁國華：《包山楚簡文字編》（臺北：藝文印書館，1992）。
〔註10〕曾憲通：《長沙楚帛書文字編》（北京：中華書局，1993）。
〔註11〕張守中：《包山楚簡文字編》（北京：文物出版社，1996）。
〔註12〕張光裕、滕壬生、黃錫全主編：《曾侯乙墓竹簡文字編》（臺北，藝文印書館，1997）。
〔註13〕張守中、郝建文、孫小滄撰集：《郭店楚簡文字編》（北京：文物出版社，2000）。
〔註14〕張光裕：《郭店楚簡研究·第一卷·文字編》（臺北：藝文印書館，2006）。
〔註15〕程燕：《望山楚簡文字編》（北京：中華書局，2007）。
〔註16〕張新俊、張勝波：《新蔡葛陵楚簡文字編》（成都：巴蜀書社，2008）。

　　另《清華大學藏戰國竹簡（壹—參）文字編》[註17]於今年五月出版，筆者尚未取得，故未能列入本文的篩選範圍。而上博簡雖已出版至第九冊，但收入《上海博物館藏戰國楚竹書（一～五）文字編》一書的只有一至五冊，六至九冊則僅有學位論文所製作之文字編，而本文主要依據《上海博物館藏戰國楚竹書（一～五）文字編》一書收錄字例，故六至九冊暫未列入檢索範圍，但仍將相關文字編資料列出以供檢視：

1. 蔣文：《上海博物館藏戰國楚竹書（六）》文字編[註18]
2. 雷金方：《上海博物館藏戰國楚竹書（七）》文字編[註19]
3. 王凱博：《上博八文字編》[註20]
4. 李敏：《上海館藏戰國楚竹書（九）》文字編[註21]

表1-2-2　本文使用楚簡出土報告書目一覽

出版年代	書　　　名
1986	《信陽楚墓》[註22]
1989	《曾侯乙墓》[註23]
1991	《包山楚簡》[註24]
1995	《望山楚簡》[註25]
1995	《江陵九店東周墓》[註26]
1996	《江陵望山沙冢楚墓》[註27]
1998	《郭店楚墓竹簡》[註28]

[註17] 李學勤、沈建華、賈連翔編：《清華大學藏戰國竹簡（壹—參）文字編》（上海：中西書局，2014）。
[註18] 蔣文：《上海博物館藏戰國楚竹書（六）》文字編（上海：復旦大學碩士論文，2008）。
[註19] 雷金方：《上海博物館藏戰國楚竹書（七）》文字編（安徽：安徽大學碩士論文，2010）。
[註20] 王凱博：《上博八文字編》，http://www.gwz.fudan.edu.cn/srcshow.asp?src_id=1765，2012年1月。
[註21] 李敏：《上海館藏戰國楚竹書（九）》文字編（安徽：安徽大學碩士論文，2014）。
[註22] 河南省文物研究所：《信陽楚墓》（北京：文物出版社，1986）。
[註23] 湖北省博物館：《曾侯乙墓》（北京：文物出版社，1989）。
[註24] 湖北省荊沙鐵路考古隊：《包山楚簡》（北京：文物出版社，1991）。
[註25] 湖北省文物考古研究所、北京大學中文系：《望山楚簡》（北京：中華書局，1995）。
[註26] 湖北省文物考古研究所：《江陵九店東周墓》（北京：科學出版社，1995）。
[註27] 湖北省考古文物研究所：《江陵望山沙冢楚墓》（北京：文物出版社，1996）。
[註28] 荊門市博物館：《郭店楚墓竹簡》（北京：文物出版社，1998）。

1999	《九店楚簡》〔註 29〕
2001	《上海博物館藏戰國楚竹書（一）》〔註 30〕
2002	《上海博物館藏戰國楚竹書（二）》〔註 31〕
2003	《新蔡葛陵楚墓》〔註 32〕
2003	《上海博物館藏戰國楚竹書（三）》〔註 33〕
2004	《上海博物館藏戰國楚竹書（四）》〔註 34〕
2005	《上海博物館藏戰國楚竹書（五）》〔註 35〕

因某些楚簡並未製作專書或文字編，故另輔以綜合性專書，如商承祚《戰國楚竹簡匯編》〔註 36〕，此書收錄有長臺關 1、2 號墓竹簡、仰天湖 25 號楚墓遣策、望山 1、2 號楚墓竹簡、五里牌 406 號楚墓遣策、楊家灣 6 號楚墓竹簡等材料之圖版、摹本、考釋，並於書末製作字表。故筆者將其收納為與《楚系簡帛文字編》相對照之參考資料。

二、研究方法

本文研究方法以比較法為主，並參酌何琳儀說法〔註 37〕，細分為四小項，茲說明如下：

（一）歷史比較：針對所選楚簡帛字例羅列出不同時期、不同載體之其他古文字，如甲骨文、金文……等，以供觀察其演變及推論其字理。

（二）異域比較：透過與戰國時期不同區域、系別之字例比較，觀察所選字例之書寫方式是否為楚系特有。

（三）同域比較：以同系別但不同載體之字例比較，觀察其寫法在不同載體上是否有其差異。

（四）古文比較：與《說文》所收古文比較，並以許慎說法考察其字理。

〔註 29〕湖北省文物考古研究所、北京大學中文系：《九店楚簡》（北京：中華書局，1999）。
〔註 30〕馬承源主編：《上海博物館藏戰國楚竹書（一）》（上海：上海古籍出版社，2001）。
〔註 31〕馬承源主編：《上海博物館藏戰國楚竹書（二）》（上海：上海古籍出版社，2002）。
〔註 32〕河南省文物考古研究所編：《新蔡葛陵楚墓》（鄭州：大象出版社，2003）。
〔註 33〕馬承源主編：《上海博物館藏戰國楚竹書（三）》（上海：上海古籍出版社，2003）。
〔註 34〕馬承源主編：《上海博物館藏戰國楚竹書（四）》（上海：上海古籍出版社，2004）。
〔註 35〕馬承源主編：《上海博物館藏戰國楚竹書（五）》（上海：上海古籍出版社，2005）。
〔註 36〕商承祚：《戰國楚竹簡匯編》（濟南：齊魯書社，1995）。
〔註 37〕何琳儀擴大唐蘭之「比較法」和「偏旁分析法」而演繹出四種比較方法。何琳儀：《戰國文字通論》（南京：江蘇教育出版社，2003），頁 268。

三、研究步驟

本文研究目標以研究楚系簡帛文字部件增繁為主，步驟如下：

（一）收羅楚系簡帛增繁部件字例。

（二）收納與楚系簡帛增繁部件字例之歷時、共時相關比對文字。

（三）編輯楚系簡帛增繁字例之文例一覽表。

（四）將楚簡帛增繁部件字例分類，並編製字形比較分析說明表格。

（五）就分析結果推導結論。

本文各章節綱目、內容安排如下：

（一）第一章緒論：說明筆者對楚系簡帛文字中部件增繁情形之關注及好奇，提出楚系簡帛文字中部件增繁的情形及疑問，並介紹本文使用哪些資料作為楚系簡帛文字的檢索材料。

（二）第二章楚系文字及範圍概述：對各種載體的楚系文字作一大略性的敘述，使讀者對於楚系文字有初步的認識，並整理、論述前輩學者所提出的楚系簡帛文字繁化概念，透過名詞定義，釐清繁化的意旨，申明本文的理念和看法。

（三）第三章漢字結體增繁概念論述：透過分析漢字結構的演變過程，觀察增繁方式在其中所起之效用及使用意涵，並簡介兩種增繁方式，以及前人對漢字異形的分類與看法。

（四）第四章、第五章戰國楚系簡帛文字部件增繁情形研究（一）、（二）：筆者自所用工具書中，挑選出經分析、比對後確定有部件增繁情形的楚系簡帛文字，逐字討論、辨析，釐清增繁的用意，如：〈包山楚簡・237〉中的丘字，簡文作「𡊦」，隸定後作「𡊦」，但字義仍作丘字使用，如此便認定為「土」旁為繁增部件。本文透過表格將該字之不同時代、載體如甲骨文、金文，以及時代相近但為不同國別之出土材料表列而出，試圖以不同時期、載體、地域等條件，比較同一字的書寫方式及是否有如同楚系簡帛文字的增繁情況。

（六）將挑選出有增繁情形的字，按照其所繁增的部件，分類排序，為求一目瞭然，並參考《漢字義符研究》〔註 38〕一書，將所增部件作為義符使用時作哪些表達意涵使用列於表格之前，透過對於所增部件的介紹，供讀者檢視有增繁情形之字與增繁部件之間的字義聯繫與否。

〔註38〕陳楓：《漢字義符研究》（北京：中國社會科學出版社，2006）。

（七）表格中之字例說明除附上《說文解字》原文外，另以《戰國古文字典——戰國文字聲系》〔註39〕一書作為增繁部件字例本形本義說解的主要依據，再輔以《古文字詁林（第一～十二冊）》〔註40〕、《古文字考釋提要總覽（第一～三）冊》〔註41〕等各家釋字說法之工具書。釐清每一字之結構組成，判定該字是否確有增繁部件之情形，並利用所繁增部件的意義分析，配合楚系簡帛中有此寫法的字例及文例，推斷該字偏旁繁化的過程和原因以及其使用規律。

（八）第六章結論：全面性匯整楚系簡帛文字部件增繁的演化情形和規律、建構本文的研究結論和成果。

第三節　前人研究論述

自李學勤〈戰國題銘概述〉〔註42〕一文開始，研究戰國文字改以國別地域分「系」探討。因墓葬環境關係，戰國楚墓大多保存良好，楚系簡帛大量出土，在學界掀起研究熱潮，而這些地下出土文物，對先秦學術思想、戰國文字，乃至對漢字形體演進過程的研究提供了豐富的資料，可供觀察漢字從西周至秦漢間的承繼關係，而對楚系簡帛文字部件增繁情況的探索，除了可由歷時角度觀察漢字的演變，亦可由共時角度與各系戰國文字比對。而探討部件增繁情形，則必須先全面性的了解漢字構形的演變情況，方可辨清楚系簡帛文字的地位。以下依出版年代先後，分類簡介前賢對此課題的研究情況，本文將前人研究成果分作專書、工具書、期刊論文、學位論文等四類，各類項目除工具書類外，再根據研究重點分漢字構形研究與楚系文字構形研究兩類。如下：

〔註39〕何琳儀：《戰國古文字典——戰國文字聲系》（北京：中華書局，1998）。

〔註40〕古文字詁林編纂委員會：《古文字詁林（第一～十二冊）》（上海：上海教育出版社，1999）。

〔註41〕劉志基等主編：《古文字考釋提要總覽（第一、二、三）冊》（上海：上海人民出版社，2008、2010、2011）。

〔註42〕李學勤：〈戰國題銘概述（上）〉，《文物》，1959 年第 7 期，頁 50～54。李學勤：〈戰國題銘概述（中）〉《文物》，1959 年第 8 期，頁 60～63。李學勤：〈戰國題銘概述（下）〉《文物》1959 年第 9 期，頁 58～62。

一、專 書

（一）漢字構形研究

王寧《漢字構形學講座》〔註43〕分析了漢字構成的形意關係，將漢字分為「書寫」和「構形」兩元素，認為「形位」是漢字的基本構形元素，並研究漢字的層次結構、功能與模式，梳理其歷時與共時的傳承關係。

何琳儀《戰國文字通論訂補》〔註44〕雖是通論戰國文字，但對戰國文字研究中的多項觀念，如其定位、系別特徵等皆有深入的說明，並討論了戰國文字形體演變的情況，以及提出了八種針對戰國文字而設計的釋讀方法。文中對楚系各種載體之文字亦有大略的介紹。

趙學清《戰國東方五國文字構形系統研究》〔註45〕承續李運富〔註46〕之觀點，由結構方面將東方五國文字與楚系、秦系文字比對，認為五國文字與楚系、秦系文字皆屬於同一文字體系，只是特性略有不同。

劉釗《古文字構形學》〔註47〕雖非專門研究楚系文字，但由歷時角度剖析古文字，提出「古文字構形學」理論，將古文字中的許多構形特點舉例分析，並在最後列出古文字構形演變條例，內有 22 條針對戰國文字演變情況所作的分析，可作為研究楚系簡帛文字之理論依據。

張素鳳《古漢字結構變化研究》〔註48〕針對漢字結構做分析，透過不同時期漢字之比較，觀察其形體的變化與規律，並從「書寫因素」、「記錄職能」、「社會歷史文化」三方向來談論對古漢字結構所造成的影響，並認為古漢字在殷商至西周階段的結構變化幅度較小，周至秦漢變化幅度則較大。

葉玉英《古文字構形與上古音研究》〔註49〕概述漢字結構以及上古音研究情況，除利用古文字探究上古音系的演變，亦使用上古音歸納漢字結構的演變，說明兩者可互輔相證，並探討「音隨字轉」、「字隨音轉」、「變形音化」、「雙聲符字研究」等現象，針對漢字結構演變方式作不同視角的切入研究。

〔註43〕王寧：《漢字構形學講座》（上海：上海教育出版社，2002）。
〔註44〕何琳儀：《戰國文字通論》（南京：江蘇教育出版社，2003）。
〔註45〕趙學清：《戰國東方五國文字構形系統研究》（上海：上海教育出版社，2005）。
〔註46〕李運富於《楚國簡帛文字構形系統研究》中提出之觀點。
〔註47〕劉釗：《古文字構形學》（福州：福建人民出版社，2006）。
〔註48〕張素鳳：《古漢字結構變化研究》（北京：中華書局，2008）。
〔註49〕葉玉英：《古文字構形與上古音研究》（廈門：廈門大學出版社，2009）。

（二）楚系文字構形研究

針對楚系文字首先作科學系統化統計的為李運富《楚國簡帛文字構形系統研究》〔註 50〕，雖採用資料不多〔註 51〕，但文中使用透過將文字組成分為「件位」、「字位」、「符位」〔註 52〕等，系統性分類楚系簡帛文字構形組成，在歷時分析下得出楚簡帛文字已選擇了「義音合成」的組成模式並以此建構了成熟的功能組合系統，且因此使楚簡帛文字個體字形的由單層結構往多層結構方向發展，異寫和異構字數量增多。共時分析則認為應就各系文字作全面的構形分析，加以比較，方可說明各系不同之差異，不應以個別現象作為判定系別之依據。

吳建偉《戰國楚音系及楚文字構件系統研究》〔註 53〕蒐集了 2002 年 12 月以前出土、發表的楚國文字材料〔註 54〕，總計 4116 字，將其中 3354 個已釋字建立楚文字材料數據庫，為楚文字構形作出統計並分析方位，又整理出 1551 個通假字，藉以歸納戰國楚國的聲韵系統、最後將戰國楚文字中的羨符作出統計一覽表，認為羨符研究對於正確釋讀楚文字是有幫助的。

蕭毅《楚簡文字研究》〔註 55〕將楚系簡帛文字的構形規律、特殊構件歸納分析，並歸類出楚文字之地域標誌，討論其相關基本筆畫及變化。

陳思鵬《楚系簡帛中字形與音義關係研究》〔註 56〕分析楚系簡帛字形與音義關係，並歸納出楚系簡帛字形習用讀法和音義習用字形，最後利用分析結果討論楚系簡帛中有特色的字形與音義關系，以及楚系簡帛中的「專造字」解說，認為透過研究楚系簡帛中複雜的字詞關係，可幫助了解楚文字使用的現象和規律。

二、工具書

劉志基、張再興《中國異體字大系‧篆書篇》〔註 57〕收錄古文字中的異體

〔註 50〕李運富：《楚國簡帛文字構形系統研究》（長沙：岳麓書社，1997）。
〔註 51〕根據緒論，只有使用信陽長臺關、荊門包山、長沙仰天湖及子彈庫帛書等資料。
〔註 52〕根據李運富說法，將字形功能相同的字樣類聚為一個單位是為「字位」；將字符功能相同的類聚為一個單位是為「符位」。
〔註 53〕吳建偉《戰國楚音系及楚文字構件系統研究》（濟南：齊魯書社，2006）。
〔註 54〕書名雖為戰國楚文字，但取材範圍只有簡帛類。
〔註 55〕蕭毅：《楚簡文字研究》（武昌：武漢大學，2010）。
〔註 56〕陳思鵬：《楚系簡帛中字形與音義關係研究》（北京：中國社會科學出版社，2011）。
〔註 57〕劉志基、張再興：《中國異體字大系‧篆書篇》（上海：上海書畫出版社，2007）。

字〔註58〕，而該書所收錄的異體字，是為與「同」概念相對，即一字如有不同字形，便視為異體，書中亦論及古文字和今文字的異體字概念的差異，並提出古文字中的異體字之特點以及判斷方式，認為需從獨立部件的形體差異、羨符的有無、構字線條形態明顯變化以及構字成分相對位置的所有差別〔註59〕等以形為本的態度去客觀的觀察古文字。且認為古文字之異體字字形研究可提供研究者新的研究材料，補充漢字造字理據、字理、字義的研究。

滕壬生《楚系簡帛文字編》〔註60〕收錄自 1951 年出土之五里牌竹簡後等 24批出土材料〔註61〕，總計為 58077 字，經其篩選後〔註62〕，收字頭（含異體字）4621 個，總計字形 49054 個，收字可謂豐富、齊全。

李守奎《楚文字編》〔註63〕收錄 2000 年之前公布的楚國以及曾國文字〔註64〕，所收材料甚廣，字形收錄力求不失真且豐富，並將各所收載體之字形依序排列，方便比較及檢視。

李守奎等人所編《上海博物館藏戰國楚竹書（一～五）文字編》有字必收，可謂齊全，並清楚標出每字在竹簡中的位次，利於檢索，又除原釋文外，作者按己見另附釋文於書末。按照《說文解字》次第排序列出字頭 2096 個，收錄單字 17590 字，作者亦有按語一千四百餘條，對楚文字的音讀、構形、異文、與《說文》古文間的關係做出說明〔註65〕

白於藍《簡牘帛書通假字字典》〔註66〕以《楚帛書》、《信陽楚墓》、《郭店楚墓竹簡》、《九店楚簡》、《上海博物館藏戰國楚竹書》（一～五）等書為底本，

〔註58〕在 4287 個字頭下，收錄近 25000 個古文字字形，其中甲骨文 2166 個、金文 10386 個、楚簡帛文字 5576 個，古陶文 405 個，戰國璽印文 1672 個，古幣文 1415 個，漢印文 2512 個，石玉及其他雜類文字近 500 個。

〔註59〕劉志基、張再興主編：《中國異體字大系・篆書篇》（上海：上海書畫出版社，2007），前言頁 5。

〔註60〕滕壬生：《楚系簡帛文字編》（增訂本）（武漢：湖北教育出版社，2008）。

〔註61〕《楚系簡帛文字編》（增訂本）所收 24 批材料見附錄。

〔註62〕見《楚系簡帛文字編》（增訂本），頁 12：「凡殘缺過甚者，模糊不清者，均不收錄。凡字形相同，……用法一致，詞句重複而一墓數見者，為了控制篇幅，一般僅錄一、二例。」

〔註63〕李守奎：《楚文字編》（上海：華東師範大學，2003）。

〔註64〕包括銅器、貨幣、簡牘、繒帛、古璽以及在其他各種器物上的鍥刻、墨書、漆書、烙印。以及曾侯乙墓中出土的曾國文字。

〔註65〕參考李守奎、曲冰、孫偉龍：《上海博物館藏戰國楚竹書（一～五）文字編》（北京：作家出版社，2007），前言頁二。

〔註66〕白於藍：《簡牘帛書通假字字典》（福州：福建人民出版社，2008）。

對簡帛異體字和分化字及假借字的關係廣採各家說法後，謹慎選擇公認之說，且多有創見。

劉信芳《楚簡帛通假匯釋》〔註67〕共分兩部分，上半部彙釋以討論戰國楚簡帛文字通假的關係，編次使用朱駿聲《說文通訓定聲》古韵十八部，另視竹簡用例的實際情況而做調整；下半部為釋文，為作者針對尚有疑義之釋文，重新校訂釋文，共有《曾侯乙簡》、《新蔡葛陵楚簡》、《信陽簡一、二》、《望山簡一、二》、《楚帛書》、《仰天湖簡》、《九店簡》、《包山簡》、《郭店簡》、《上博藏一～六》等材料。該書於序言中對異文、古文、異體字、古今字、俗字、歧讀字、訛誤字等〔註68〕與假借的關係皆有討論，並論其區別。

三、期刊論文

（一）漢字構形研究

湯餘惠〈略論戰國文字形體研究中的幾個問題〉〔註69〕針對筆畫偏旁的省略、形體的分合、字形訛誤、輔助性筆畫等方面，舉出戰國文字形體的特徵，並就所得材料分析戰國文字各系特色，提示了戰國文字中有一部份喪失了字形本身的表意功能以及表音文字大量增加，造成不管有無本字，皆用假借的情形大量產生等，戰國文字研究中值得深入之議題。

高開貴〈略論戰國時期文字的繁化與簡化〉〔註70〕以中山王𦊆器文字分析戰國文字繁化與簡化的情形，將繁化情形分「增加筆畫」、「增加形符」、「增加聲符」、「另造形聲字」、「截取原字部分形體造成新字」、「沿用古體」、「使用借字」等七類，或許是囿於資料數量限制，所舉之例有時與其分類不符，如繁化情形中第四、五、六類依照其舉例看來應歸為簡化而非繁化，但已對戰國文字中所出現的繁化情況做出了大致介紹。

張亞初〈古文字分類考釋論稿〉〔註71〕透過對象形字、會意字、形聲字、

〔註67〕劉信芳：《楚簡帛通假匯釋》（北京：高等教育出版社，2011）。

〔註68〕劉信芳：《楚簡帛通假匯釋》，序言頁 006。

〔註69〕湯餘惠：〈略論戰國文字形體研究中的幾個問題〉，《古文字研究》第十五輯（北京：中華書局，1986），頁 9～100。

〔註70〕高開貴：〈略論戰國時期文字的繁化與簡化〉，《江漢考古》1988 年第 4 期，頁 104～114。

〔註71〕張亞初：〈古文字分類考釋論稿〉，《古文字研究》第十七輯（北京：中華書局，1989），頁 230～267。

假借字等類考釋舉例，說明如何利用偏旁分析法尋找古漢字發展的規律和特點。以及舉出古漢字中如異體字、合文字、倒文等特殊用法並做解說，文末對各類舉例做出研究情況概述及提出研究方向延展。

趙平安〈漢字形體結構圍繞字音字義的表現而進行的改造〉〔註72〕分點詳述並舉例說明漢字結構中為增強字義和字音所使用的方式與情況，提出可由分析漢字結構改造歷程，明白其對漢字構形的影響，亦認為漢字表意趨向比表音趨向要大，並可以從改造字中推敲其演變軌跡，從中獲取民俗及思想史的資料。

張振林〈古文字中的羨符——與字音字義無關的筆畫〉〔註73〕認為羨符是在古文字階段雖未有標準造字規範的情況下，但卻改變了構字機理的情況下所產生的，並從漢字造字字理角度觀察羨符的發生原因，介紹戰國常見羨符，認為考察羨符需從當時的用字背景下手，考察其對字音字義及所記詞性是否真無關聯。

王輝〈研究古文字通假字的意義及應遵循的原則〉〔註74〕雖主題為討論通假字，但在通假字的認定範圍中提到分別字、異構字，而此即為本文欲探討之對象，文中認為此兩者與假借字雖不可一概而論，應根據不同情況分析，但可將這類包括在通假的範圍內。

劉志基〈簡說古文字異體字的發展演變〉〔註75〕對於成文前的殷商、西周、戰國三時期的異體字研究成果做大略概述，就異體字數量的統計認為西周金文之異體字數量多於殷商甲骨文是因地域國族差異所造成，而戰國文字異體字總量低於西周金文則是因漢字規範程度高於西周金文。另認為戰國文字的構形差異是由於各地域系別文字差異造成。

林志強、龔雪梅〈漢字理據的顯隱與漢字和漢語的內在關係〉〔註76〕討論

〔註72〕趙平安：〈漢字形體結構圍繞字音字義的表現而進行的改造〉，《中國文字研究》1999年第一輯（南寧：廣西教育出版社，1999），頁61～86。

〔註73〕張振林：〈古文字中的羨符——與字音字義無關的筆畫〉，《中國文字研究》2001年第二輯（南寧：廣西教育出版社，2001），頁126～138。

〔註74〕王輝：〈研究古文字通假字的意義及應遵循的原則〉，《中國文字研究》2009年第一輯（鄭州：大象出版社，2009），頁1～12。

〔註75〕劉志基〈簡說古文字異體字的發展演變〉，《中國文字研究》2009年第一輯（鄭州：大象出版社，2009），頁36～46。

〔註76〕林志強、龔雪梅〈漢字理據的顯隱與漢字和漢語的內在關係〉，《中國文字研究》第十三輯（鄭州：大象出版社，2010），2010，頁134～138。

漢字構形演變規律，指出其為動態而非固定不變，舉出「理據重解」、「字形再造」、「音化現象」三類說明和漢語的古今發展有密切關係，認為是透過歷史傳承和日常學習使用中不斷變動、流傳。

張再興〈金文語境異體字初探〉〔註77〕有別於依照漢字理據判斷異體字的方式，而是從文字使用的環境考察，將文字學中的「類化」稱為「形體語境」，根據受上下文語境影響的異體字分為「形體語境異體字」、「意義語境異體字」、「形義語境異體字」三類，分析其特徵及功能。

劉志基〈先秦出土文獻字頻狀況的古文字研究認識價值〉〔註78〕中提及「專字」現象，如同張再興所提「語境異體字」，認為其為極必要關注的文字現象，但對於專字的判定條件仍有不足，仍需待進一步研究。

（二）楚系文字構形研究

馬國權〈戰國楚竹簡文字略說〉〔註79〕以成文前出土的七批楚竹簡中文字以及楚金文和帛書為例，說明戰國文字形體上有著地區歧異、偏旁不固定、假借現象普遍等情形，對於異體字、羨畫等議題提出看法，認為楚簡文字書寫的簡率對古隸形成有相當的影響程度。

黃錫全〈楚系文字略論〉〔註80〕就戰國文字的地位、楚系文字研究的時空範圍、性質、特點做一番詳細簡介，對於戰國文字形體雖有系別不同但卻有著同承商周文字的共性做了提示，文末附「楚系文字的特殊字形」一覽表。

王軍〈楚系文字形體研究〉〔註81〕就楚系文字的形體結構、文字應用及書法體式作特點式的敘述，說明楚系文字利用示義和標音的部件組合成新字的方式有逐漸增多的趨勢，其並非另造新字合成，而是透過舊有部件合成新字。且點出戰國中後期的楚系文字中，簡帛文字的使用情形特別明顯，並舉例說明楚系文字的繁簡化、偏旁同化、結構不穩定等情形，認為戰國中晚期的楚系文字

〔註77〕張再興：〈金文語境異體字初探〉，《蘭州學刊》2012・07期，頁111～115。
〔註78〕劉志基：〈先秦出土文獻字頻狀況的古文字研究認識價值〉，《中國文字研究》第十八輯（上海：上海人民出版社，2013），頁13～21。
〔註79〕馬國權：〈戰國楚竹簡文字略說〉，《古文字研究》第三輯（北京：中華書局，1981），頁153～159。
〔註80〕黃錫全：《楚系文字略論》，《古文字論叢》（臺北：藝文印書館，1999），頁345～356。
〔註81〕王軍：〈楚系文字形體研究〉，《文字學論叢》第一輯（長春：吉林文史出版社，2001），頁101～124。

對古隸的形成有相當的影響。

　　陳偉武〈新出楚竹簡中的專用字綜議〉〔註82〕討論前人所言專字以及今古文字學者考釋古文字時會指明某字為專用字的現象，引楚系竹簡為例，將其簡分為表名物、行為動作、性狀等三類專用字，將該類字在文字學以及文化上的意義作簡潔的概述。

　　羅運環〈論楚文字的演變規律〉〔註83〕探討楚系文字書寫情形，認為楚系文字到戰國之後逐漸出現隸化特徵，並就字形結構演變整理出簡化、繁化、隸變、分化、異構等情形。

　　吳建偉、王霞〈戰國楚文字常用羨符再探〉〔註84〕首先定義「羨符」，認為其是漢字演變過程中，出於對文字形體進行美化、裝飾的需要或其他原因所添加的與字音、字義均無關的符號，再就 2007 年 7 月以前發表之戰國楚文字資料共計 72800 餘字建構數據庫，透過各種不同內容的材料以及有加羨符和沒加羨符的字同時出現作為佐證，證明其代表性和普遍性，整理出「一、口、土、曰、二、心、止、彳、八、丿、彡、又」等 12 個使用頻率較高的羨符。證明並同意張振林對於羨符可能是為了裝飾字體而添增或是形聲造字成為當時造字主流方式後意符濫用而導致意符疊加的結果之說法。最後認為其使用的深層意義是體現出書寫者的審美觀，追求字體的勻稱、和諧。

　　徐富昌〈戰國楚簡異體字類型舉隅──以上博楚竹書為中心〉〔註85〕根據王寧「異構字」、「異寫字」概念來檢視上博楚簡文字，認為異構字主要具體表現有三種，分別為「省簡偏旁」、「增繁現象」、「形體變異」。說明「異構字」與「異寫字」的不同：「異寫字」為書寫變異的產物，而「異構字」是造字的產物，以此觀點為基礎，檢視楚系文字中的羨符問題，將羨符與義符的不同作嘗試性的考察。

〔註82〕陳偉武：〈新出楚竹簡中的專用字綜議〉，《華學》第六輯（北京：紫禁城出版社，2003），頁 99～106。

〔註83〕羅運環〈論楚文字的演變規律〉，《出土文獻與楚史研究》（北京：商務印書館，2011），頁 9～21。

〔註84〕吳建偉、王霞：〈戰國楚文字常用羨符再探〉，《中國文字研究》2008 年第二輯（鄭州：大象出版社，2008），頁 90～93。

〔註85〕徐富昌〈戰國楚簡異體字類型舉隅──以上博楚竹書為中心〉，《台大中文學報》34 期，2011，頁 55～92。

四、學位論文

（一）漢字構形研究

周輝《古漢字增繁現象初探》〔註 86〕將先秦漢字的增繁分為有義與無義兩類，以及就增加表義、表音、分化部件或筆畫等增繁方式討論增繁與分化的關係。並根據時代的不同介紹殷商、西周、戰國時期增繁的類型和特點，再就戰國時期各國增繁情形做地域的分析，探討增繁的原因以及對漢字形體的影響。

胡志明《戰國文字異體現象研究》〔註 87〕解釋異體字的概念及簡述戰國文字異體現象的研究情況，並從異體與異構兩層面舉例做分類研究，且認為異體字研究應共時與歷時兩方面並重。另外舉例說明戰國異體字形與漢字演變中的形聲化趨勢並考察兩者間的關聯，最後就漢字發展的內、外緣歷史階段及其基本屬性分析戰國異體字產生的條件。

（二）楚系文字構形研究

林清源《楚國文字構形演變研究》〔註 88〕說明楚國文字在戰國中晚期演變最為激烈，構形陷入空前混亂，故就構形演變列出簡化、繁化、變異、類化與別嫌等討論主題觀察楚國文字的區域特徵，並藉以考察楚國文字書體風格的演變傾向，且認為分析這些楚國特有的構形，對於其他文字的分域和斷代有重要的幫助。

張靜《郭店楚簡文字研究》〔註 89〕透過分析郭店楚簡字頻，歸納使用的特點是：使用頻率越高的字，所用字數較少，形體較簡單；反之使用較低的字則字數較多，形體較複雜。反應出漢字發展的使用規律。亦透過檢視郭店楚簡中1303 個既成文字形體的結構類型，發現形聲字所占比例為 69.76%，說明戰國楚文字組成結構，相較於殷商甲骨文、西周金文，形聲結構的比例上升，也透過觀察郭店楚簡中字形的增繁、省簡、訛變、替換等四種演變類型，爬梳釐清漢字聲化和簡化的發展規律。

張傳旭《楚文字形體演變的現象與規律》〔註 90〕將楚金文、簡帛文字就其

〔註86〕周輝：《古漢字增繁現象初探》（合肥：安徽大學碩士論文，2000）。
〔註87〕胡志明：《戰國文字異體現象研究》（福州：福建師範大學博士論文，2010）。
〔註88〕林清源：《楚國文字構形演變研究》（臺中：東海大學博士論文，1997）。
〔註89〕張靜：《郭店楚簡文字研究》（合肥：安徽大學博士論文，2002）。
〔註90〕張傳旭：《楚文字形體演變的現象與規律》（北京：首都師範大學博士論文，2002）。

字體特徵和性質做共時性的比較，觀察其發展趨向，以及歷時性的考察楚文字的繼承與發展，並從簡化、繁化、異化、形聲化等現象歸納楚文字形體演變的內在規律。

韓同蘭〈戰國楚文字用字調查〉〔註91〕說明建立楚文字語料庫的調查對象、原則、方法，及在分類時的概念分組敘述釐清如字數、字量、字頻、異體字、古今字、常用字、次常用字、生僻字等，透過資料庫的建構，使檢索工作難度與複雜度降低，並可提升檢索結果的準確性。

沈之傑〈楚簡帛文字研究——形聲字初探篇〉〔註92〕自所統計的 4660 個楚簡帛文字中篩選出 3869 個形聲字，將楚簡帛形聲字的形符和聲符製作統計表格，分析方位、層級，並歸納出楚簡帛形聲字的諧聲系統。

孫偉龍《〈上海博物館藏戰國楚竹書〉文字羨符研究》〔註93〕結合上博簡文字中使用的羨符，對於「羨符」概念做新的界定，認為其是在文字演變的過程中所添加於文字中與音、義無關，亦不具備區別功能的字符。增添和未增添羨符之字為一字異體。稱羨符有些是裝飾美化字形，或是因文字類化等原因所增添。並將羨符分為歷時與共時，以及根據繁加筆畫及部件的情況，稱為羨畫和羨旁，討論其在古文字考釋中的作用。

綜觀各家前人研究，可以發現對於古漢字的形體發展大多認為是由表意轉為表音，古漢字由記錄語音的符號而來，而這些符號如何能夠成為文字，必然是由圖象化符號而來，藉由圖象化作文字來表示所欲傳達意義，然而圖象化符號歷經長時間使用，在累積一定基礎後使用上必然朝向線條化前進，而線條化的圖象經過一段時間後，後人無法明白其欲傳達之意義，於是選擇增添聲符作為強化字義之用。

然而隨著增添聲符方式的發展，時代越晚之漢字使用者在幾乎已不明字理的情況下，選擇再次透過增加形符的方式來輔助字義，這是在有意識的加強字義情況下卻無意識的造成漢字結構再次增繁。這是需要整體、縱向地觀察漢字結構的發展才能發現的情形。

〔註91〕韓同蘭：《戰國楚文字用字調查》（上海：華東師範大學博士論文，2003）。
〔註92〕沈之傑：《楚簡帛文字研究—形聲字初探篇》（上海：華東師範大學碩士論文，2005）。
〔註93〕孫偉龍：《〈上海博物館藏戰國楚竹書〉文字羨符研究》（長春：吉林大學博士論文，2009）。

　　而戰國楚系文字在當時未建立規範標準字的情況下，恰好處於漢字由表音再次轉為表意的過渡期，在這段過渡期間，漢字結構的改變對當時的人而言或許只是一種加強字義的手段或是裝飾，但隨著時光的累積，後人已無法明白。

　　於是如同張振林所言：

> 羨符的大量出現，則是形聲構字法成熟並漸趨完善，用字需求得到
> 滿足時，出於裝飾美化需要的表現。而伴隨羨符大量出現的，還有
> 形聲構字心理驅使下的偏旁濫用。這樣使春秋後其至戰國期間，出
> 現一個文字繁化和異化的潮流。〔註94〕

　　透過整理前人對於繁化的看法及論述，可發現雖然許多前輩學者皆注意到漢字演變以及戰國楚系文字的增繁現象，並對此有許多分析與討論。然而筆者注意到前人討論增繁時，主要是就其於漢字演變中的表現以及影響，或者大多以筆畫增繁的討論較多，對其功能與意義的討論亦較全面；但對於部件增繁現象的使用情形以及判定標準討論則較少著墨，故引發筆者的好奇與疑問，並選定以楚系簡帛文字做為探討部件繁化使用情形的觀察對象。而筆者認為欲探討增繁現象，則須先釐清以下各種名詞概念：「俗字」、「累增字」、「分化字」、「古今字」、「異構字」、「異寫字」等〔註95〕，上列名詞都是漢字的演變和使用發展後由不同觀察角度所得的結果，如能將其概念整理爬梳完畢，筆者認為對於檢視戰國楚系簡帛文字的繁化情形，及其在漢字演進中所處的位置和影響，以及所代表的意涵，能夠有更深刻的體認。

〔註94〕張振林：〈古文字中的羨符──與字音字義無關的筆畫〉，《中國文字研究》2001 年第二輯（南寧：廣西教育出版社，2001），頁 136。

〔註95〕因章節安排，增繁概念的定義於第三章中有詳細說明。

第二章　楚系文字及範圍概述

　　楚系文字，就廣義角度，是「流行於中原而為周代各國各族通用的文字，即由殷人創制而由周人繼承的華夏古文字，被楚人移植到楚地去，從而含有南方的特殊成分，帶有南方的特殊風格。」[註1]即戰國古文字中的楚國及受其文化影響地區使用的文字。何琳儀《戰國文字通論》採用李學勤〈戰國題銘概述〉[註2]之概念將戰國文字分區域重新定義：「古文字學中的所謂『戰國文字』是指春秋末年至秦統一以前這段歷史內，齊、燕、韓、趙、魏、楚、秦等國曾使用的一種古文字。」[註3]戰國文字是古文字的晚期書寫形式，作為上承甲骨文，並與金文相互影響演變，使漢字的發展逐漸成熟的重要轉折期。因戰國時期的外在政治環境因素，各國間文字書寫的情況紛雜，東漢許慎《說文‧敘》便言：「諸侯力政，不統於王。惡禮樂之害己，而皆去其典籍。分為七國，田疇異畝，車涂異軌，律令異法，衣冠異制，言語異聲，文字異形。」[註4]戰國文字不僅承續西周文字，也因地區、載體不同而發展出了多

〔註1〕張正明：《楚文化史》（上海：上海古籍出版社，1987），頁101。

〔註2〕李學勤：〈戰國題銘概述（上）〉，《文物》，1959年第7期，頁50～54；李學勤：〈戰國題銘概述（中）〉，《文物》，1959年第8期，頁60～63；李學勤：〈戰國題銘概述（下）〉，《文物》1959年第9期，頁58～62。

〔註3〕何琳儀：《戰國文字通論》（南京：江蘇教育出版社，2003），頁2。

〔註4〕（漢）許慎撰、（清）段玉裁注、鍾巫憲編：《新添古音說文解字注》（臺北：洪葉文化事業有限公司，2005），頁765。

元的書寫方式；而文字內在的演變情況也有了多元演變的趨勢，如簡化、增繁、訛變等，種種因素使文字產生相當多樣的變化。

楚國於春秋始，國力逐漸強盛，自原本為人所認為的南蠻地區一躍成為五霸之一，而長久累積的文化底蘊與中原文化相互結合交流下，在許多領域皆創造出特具地區特色的成就，例如文學上有極具浪漫情感的楚辭；青銅器製作上除了承接中原地區的型制外，亦逐漸發展出屬於楚文化的特徵〔註5〕；文字書寫亦獨樹一格，湯餘惠對楚系文字風格有以下評論：「楚文字縱橫恣肆、疏潤遒勁；筆勢圓轉流暢，橫劃多作昂起的圓弧形。」〔註6〕楚系文化對周邊地區影響亦極深遠，如吳越地區更發展出了鳥蟲書極富裝飾的書寫字體。

黃錫全於〈楚系文字略論〉中便清楚說明楚系文字特色：

> 春秋至戰國中期，楚系文字形體逐漸趨向修長，筆畫細而首尾如一，富於變化，排列比較整齊美觀，筆勢勁健，圓轉流暢，具有自由之奔放精神。戰國中期以後，竹簡、帛書式的手寫體文字佔據主導地位……字形趨於扁平、欹斜，體勢簡略，橫筆昂首，多用羨畫……。
>
> 〔註7〕

楚系文字的研究時間上限始自西周中晚期，下至楚國滅亡；地域上可以楚國領土，包含經其統治之附庸國或是楚國附近長江流域，大至包含現今湖北、湖南、河南、安徽、江西、江蘇及浙江、廣西等地，及受其文化影響之地如曾、蔡、宋、郤、黃、吳、越、徐等區域所出土的文字材料。滕壬生將楚文字根據出土文物書寫材料或類別不同分為：「銅器銘文、兵器文字、貨幣文字、璽印文字、陶器文字、石器文字、漆器文字、木器文字、簡牘文字和縑帛文字。」〔註8〕等；李守奎亦將楚文字列出以下載體：「銅器、石器、貨幣、簡牘、繒帛、璽印、封泥以及漆書的木器、刻劃的陶器、烙印的墓槨等等。」〔註9〕以下就書寫載體分類敘述楚系文字情況，以概述楚系文字的範圍

〔註 5〕根據劉彬徽：《楚系青銅器研究》第四章對於楚系青銅器的分類概述可見許多楚系青銅器與周文化系統不同之處之介紹，如鼎特徵向束頸、腹、足向坦底、高足演變。（武漢：湖北教育出版社，1995），頁 114。

〔註 6〕湯餘惠：〈略論戰國文字構型研究中的幾個問題〉，《古文字研究》第十五輯（北京：中華書局，1986），頁 46。

〔註 7〕黃錫全：《古文字與古貨幣文集》（北京：文物出版社，2009），頁 249。

〔註 8〕滕壬生：《楚系簡帛文字編》（增訂本）（武漢：湖北教育出版社，2008），前言頁 1。

〔註 9〕李守奎：《楚文字編》（上海：華東師範大學出版社，2003），頁 5。

特色之方式，使讀者對於下文所討論之楚簡帛文字能有初步的認識。另因本文討論主軸為文字構形，礙於篇幅，故文獻討論時便僅列討論字形或收錄字形之重要著作。

第一節 銅器文字

銅器文字即書寫於青銅器上之銘文，本節專指楚地或受其文化影響範圍所出土之銅器上所銘刻之文字，因其出土器種類豐富，故按器類大致可分為禮器銘文、樂器銘文、量器銘文、兵器銘文、車馬器銘文等，其上所銘刻文字內容或為歌功頌德，或為物勒主名、工名，所出土銅器時間自西周中晚期始，下終於秦滅楚之際，文字資料可謂豐富。

由古至今，銅器因材質不易毀壞，多有出土，歷代文人雅士多有愛好，但多將觀察焦點置於銘文內容，而非銘文字形。如宋呂大臨編纂的《考古圖》，將青銅器作為歷史資料研究，其序中言：「觀其器，誦其言，形容髣髴，以追三代之遺風，如見其人矣。以意逆志或探其制作之源，以補經傳之闕亡，正諸儒之謬誤。」〔註10〕宋趙明誠於《金石錄》序中亦認為銘文功用可用與史書所載相對照。〔註11〕可知對宋人而言，銘文內容較之字形更為其關注的對象，且當時對於青銅器的記錄多標示出土地情況與器形外觀，雖有銘文記載但卻未在文字形構研究方面取得較大成就。但宋時趙明誠考釋出楚王酓璋鐘為楚懷王時器，對古文字研究仍具有重要意義。

晚清至民國時期，因楚系墓葬分布較廣、數量豐富，且各階級墓葬齊全，故出土青銅器數量頗豐，且有許多可考絕對年代之楚系墓葬，如淅川下寺2號墓、蔡侯墓、曾侯乙墓、荊門包山2號墓等〔註12〕；而陸續出土如楚王酓章作曾侯乙鐘、鎛、曾姬壺、鄂君啟車節與舟節等有絕對年代可考之器，對於楚系

〔註10〕（宋）呂大臨：《考古圖》，《金文文獻集成》第一冊（北京：線裝書局，2005），頁5。

〔註11〕（宋）趙明誠：《金石錄》云：「蓋竊常以讀詩書以後，君臣形式之迹，悉載於史，雖是非褒貶出於秉筆者私意或失其實，然至其善惡大節，有不可誣而又傳之既久，理當依據，若夫歲月地理官爵世次，以金石考之，其抵牾十常三四。蓋史牒出於後人之手，不能無失，而刻詞當時所立，可信不疑。」由此記錄或可理解為宋人重視銘文內容，認為可與史書對照，此正與王國維之「二重證據法」之精神不謀而合。

〔註12〕此處參考郭德維：《楚系墓葬研究》（武漢：湖北教育出版社，1995），頁3至11。

金文之研究與判讀皆有極大助益，眾多學者集合這些前人未見之資料，對銘文字體開始有較系統的研究，並取得重大成就。

前人對於楚系銅器文字有許多單篇論文之論述，或是專書中提及楚金文，內容除對文字蒐集考釋，亦對銅器形制多有討論。如郭沫若《兩周金文辭大系考釋》〔註13〕書中將金文時代先後及國別分類處理，收錄楚器十二件，雖其中錯誤已被眾多學者討論，但價值不減〔註14〕；羅振玉《三代吉金文存》〔註15〕收錄成書前可見金文，利於研究者檢視金文字形；後出之徐中舒《殷商金文集錄》〔註16〕、于省吾《商周金文遺錄》〔註17〕皆在其基礎上多有補充；中國社科院考古研究所主編共18冊之《殷周金文集成》〔註18〕更是集金文大成之作。〔註19〕另朱鳳瀚《古代中國青銅器》〔註20〕亦在該書中第六章專對戰國金文分國略述。近出《新收殷周青銅器銘文暨器影彙編》〔註21〕則補《殷周金文集成》之不足及收集後出之資料，分上下兩編，為目前最齊全之金文資料彙整。

單篇論文部分則有劉彬徽〈楚國有銘銅器編年概述〉〔註22〕、〈湖北出土兩周金文國別年代考述〉〔註23〕、〈湖北出土的兩周金文國別與年代補記〉。〔註24〕李零〈戰國銅器銘文編年匯釋〉〔註25〕、〈論東周時期的楚國典型銅器

〔註13〕郭沫若：《兩周金文辭大系考釋》，臺灣改名為《周代金文圖錄及釋文》，（臺北：大通書局，1957）。

〔註14〕劉彬徽論《兩周金文辭大系》：「郭沫若《大系》一書……使青銅器研究走上了真正科學化的道路……雖在今日看來，有的要重新訂正，更要大力補充。但此書仍不失為我們進行楚銅器編年研究的基礎。」劉彬徽：《楚系青銅器研究》（武漢：湖北教育出版社，1995），頁19。

〔註15〕羅振玉：《三代吉金文存》（北京：中華書局，1983）。

〔註16〕徐中舒：《殷周金文集錄》（四川：人民出版社，1984）。

〔註17〕于省吾：《商周金文遺錄》（北京：科學出版社，1957）。

〔註18〕中國社會科學院考古研究所：《殷周金文集成》18冊（北京：中華書局，1984~1994）。

〔註19〕張亞初於《殷周金文集成引得》認為該書為「迄今為止資料收集最為完備、編撰最為科學、印製最為精美、最具代表性的金文集成」。

〔註20〕朱鳳瀚：《古代中國青銅器》（天津：南開大學出版社，1995）。

〔註21〕鍾柏生、陳昭容、黃銘崇、袁國華合編：《新收殷周青銅器銘文暨器影彙編》（臺北：藝文印書館，2006）。

〔註22〕劉彬徽：〈楚國有銘銅器編年概述〉，《古文字研究》第九輯（北京：中華書局，1984），頁331～372。

〔註23〕劉彬徽：〈湖北出土兩周金文國別年代考述〉，《古文字研究》第十三輯（北京：中華書局，1986），頁239～351。

〔註24〕劉彬徽：〈湖北出土的兩周金文國別與年代補記〉，《古文字研究》第十九輯（北京：中華書局，1992）頁179～195。

〔註25〕李零：〈戰國銅器銘文編年匯釋〉，《古文字研究》第十三輯（北京：中華書局，1986），

群〉〔註 26〕、〈楚國銅器略說〉〔註 27〕，皆對楚系青銅器編年問題有豐富的論述，經由編年的分組，比對書寫風格差異，了解楚金文的改變與特徵。

　　專論楚系青銅器及其銘文之專書有劉彬徽《楚系青銅器研究》〔註 28〕，該書對於楚系青銅器的分期年代斷定有精闢的見解〔註 29〕，並將 108 組楚系銅器編年概述，藉由出土的楚國青銅器研究楚禮制及分析紋飾特徵，是研究楚系青銅器的重要著作。鄒芙都的《楚系銘文綜合研究》〔註 30〕則使用劉彬徽的分期方法，在舊有基礎上，將前人研究彙整，收錄 165 組楚系青銅器銘文，按照時代先後條列敘述，清楚列出每件器的銘文、出土地、時代、現藏處，並廣收各家學者對於銘文內容的討論看法、釋讀予以分析，書末就楚金文每期的銘文特徵舉例說明，並以楚國兵器與其他類別器及他國兵器銘辭做比較，對楚系銘文各時期發展研究的資料整理可謂齊全、豐富且利於讀者明白該器現藏情況。而楚金文結構的整理分析則以黃師靜吟之專論《楚金文研究》〔註 31〕有較深入的論述，雖範圍只限於楚國金文，但對所收筆勢與形構的演變情況有詳細的探討與舉例，且與各國金文比較後論述楚國金文特徵，附錄之〈楚金文字形表〉將圖版或照片掃描整理，將字形清晰化，利於讀者檢索觀察，透過解析楚國金文情形並與各系金文比較，結合清晰圖板，對於楚國金文有相當深入的了解。近年對於楚金文字形資料彙整書籍當以劉彬徽《楚系金文彙編》〔註 32〕最為齊全，該書為作者結合舊作《楚系青銅器研究》並收錄後出之材料所著之全面性作品〔註 33〕，將楚系金文之銘文及字形列出

　　頁 353～397。

〔註 26〕李零：〈論東周時期的楚國典型銅器群〉，《古文字研究》第十九輯（北京：中華書局，1992），頁 136～178。

〔註 27〕李零：〈楚國銅器略說〉，《江漢考古》1998 年第 4 輯（湖北：湖北省文物考古研究所，1998），頁 69～78。

〔註 28〕劉彬徽：《楚系青銅器研究》（武漢：湖北教育出版社，1995）。

〔註 29〕《楚系青銅器研究》第二章，頁 44 至 54 中對楚系青銅器分期應改六期為七期有詳細說明。

〔註 30〕鄒芙都：《楚系銘文綜合研究》（成都：巴蜀書社，2007）。

〔註 31〕黃師靜吟：《楚金文研究》（新北市：花木蘭文化出版社，2011）。該書為黃師靜吟於 1997 年之博士論文，後由花木蘭出版社印行，本文即採用此一版本，並依其出版年排序。

〔註 32〕劉彬徽：《楚系金文彙編》（武漢：湖北教育出版社，2009）。

〔註 33〕劉彬徽：《楚系金文彙編》，作者於書前言中：「本書集圖象、銘文、釋文、字表四個部分於一體，且按年代先後為序。」

清楚圖表，來源說明清楚，楚系器物蒐集齊全，對研究者有極大幫助。

　　楚系金文鑄刻時代自西周晚期以降至戰國晚期皆有發現，而本文就楚金文演變的特點，參考劉彬徽於《楚系青銅器研究》中對楚器之分期年代，並利用前人蒐集整理之資料，將楚金文演變約略簡述，將楚金文字形略分成四個演變階段並附圖例列出，以期對楚金文字形有初步的認識：

一、西周中晚期至春秋早期（公元前 878 年左右～670 年）

　　由繼承自西周中晚期字體大小不一、字形渾厚，至春秋早期逐漸演變為較為成熟且有規範，原本落後於西周王室的差距逐漸縮短。線條微曲，字形漸趨修長，裝飾性的楚文字風格已見端倪。

表 2-1-1　西周中晚期至春秋早期楚系金文字例

器名	楚公㝔鐘 （西周中晚期）	楚嬴匜 （春秋早期早段）	申公彭宇簋 （春秋早期晚段）
圖版			

二、春秋中期至戰國早期（公元前 670～450 年）

　　此一時期，隨著楚國國力的強盛，文字也開始朝不同的兩個方向轉變，一是狀似垂露的飾筆，通常在筆畫的中部或末端，有的另飾裝飾性曲線〔註34〕，以及線條上加飾鳥頭、蚊腳，屈曲盤旋，字形修長且極具裝飾性的鳥蟲書，或是受其影響極富裝飾性的書寫方式；二是日常大量運用的俗體，此因書寫迅速方便的關係，多較潦草，字形亦不如鳥蟲書般加以修飾。

〔註34〕參考湯餘惠：〈略論戰國文字構型研究中的幾個問題〉，《古文字研究》第十五輯（北京：中華書局，1986），頁 49。

表 2-1-2　春秋中期至戰國早期楚系金文字例

器名	楚屈子赤目簠 （春秋中期晚段）	王子午鼎 （春秋晚期早段）	新造戟 （春秋晚期至戰國早期）
圖版			

三、戰國中晚期（公元前 450～223 年）

　　戰國中晚期，文字已不強調裝飾的多樣化，追求方便快速的俗體字反而大量使用，俗體字書寫潦草、線條曲直，甚至出現隸化的情形。

表 2-1-3　戰國中晚期楚系金文字例

器名	燕客銅量 （戰國中期晚段）	大府簠 （戰國晚期）	襄城公境尹戈 （戰國晚期）
圖版			

四、秦漢時期（公元前 223 年後）

　　秦滅楚統一天下後，秦始皇實行「書同文」政策，統一使用經整理的秦

小篆，雖然普遍流行使用的是隸書，但也使得春秋以降的文字異形情況幾乎消失，但作為楚文字最有特色的鳥蟲書卻並列為秦書八體〔註 35〕保留了下來，甚至在秦漢篆刻、瓦當中繼續發展下去。

由此四階段可觀察到，各國金文之筆勢風格，囿於書寫載體的限制，楚系與他系發展風格一致；而於形體結構方面，各系金文則各自發展出屬於自己的風格，地區性較為明顯。〔註 36〕

第二節　簡帛文字

楚系簡帛為研究戰國文字之大宗，出土簡帛上字數為戰國資料之最，且類型豐富，就性質而言，可分三層次：

（一）楚人寫作之文獻

（二）楚盟國或附屬國寫作的文獻

（三）楚人傳抄來自別國的文獻〔註 37〕

就內容分析，有四類：

（一）卜筮祭禱記錄：如望山楚簡、天星觀楚簡、九店楚簡、包山楚簡、新蔡楚簡等可幫助了解當時楚國人的文化、曆法、宗教、習俗等情況，更可延伸其內容補充歷史編年記載，對楚地制度有更進一步的釐清。

（二）官府文書：如包山楚簡中的司法記載有益於釐清楚國的官府行文、司法訴訟，幫助研究楚國政治、法律、經濟等方面問題。

（三）遣策：如仰天湖竹簡、望山 2 號竹簡、包山竹簡等為墓葬陪葬品清單，可作為出土時比對器物數目及考察該墓葬內器物為何之用，對於了解出土墓葬情況有相當助益。

（四）竹書：如信陽楚簡、慈利楚簡、郭店楚簡、上海博物館藏戰國楚竹書等，除可見到許多逸書外，並可與後代傳世經典互相對照，透過與傳世經典時代最相近之文書記錄，更可勘誤傳世經典並了解其流變過程及其精神原意。

〔註35〕說文敘：「自爾秦書有八體：一曰大篆，二曰小篆，三曰刻符，四曰蟲書，五曰摹印，六曰署書，七曰殳書，八曰隸書。」（漢）許慎撰、（清）段玉裁注、鍾巫憲編：《新添古音說文解字注》（臺北：洪葉文化事業有限公司，2005），頁 766。

〔註36〕參考黃師靜吟：《楚金文研究》（新北市：花木蘭文化出版社，2011），頁 125。

〔註37〕參考陳偉：《楚簡冊概論》（武漢：湖北教育出版社，2012）。

以下參考陳偉《楚地出土戰國簡冊（十四種）》〔註38〕、李天虹《楚國銅器與竹簡文字研究》〔註39〕、陳偉《楚簡冊概論》〔註40〕中對於出土楚簡介紹概述各批楚簡資料：

1. 長沙五里牌 406 號墓竹簡

1952 年出土，為戰國晚期墓葬，有殘簡 38 枚〔註41〕，書於竹黃面，字數 1 至 6 字不等，字跡漫漶不清，內容為遣策。

2. 長沙仰天湖 25 號墓竹簡

1953 年出土，為戰國晚期墓葬，有竹簡 43 枚，書於竹黃面，每簡均頂格書寫，字大且清晰，內容為遣策。

3. 長沙楊家灣 6 號墓竹簡

1954 年出土，為戰國晚期墓葬，有竹簡 72 枚，可見文字的有 50 枚，書於竹黃面，文字模糊不清，除 4 枚簡有 2 字外，其餘都只有 1 字。內容為遣策。

4. 信陽長臺關 1 號墓楚簡

1957 年出土，為戰國中期偏早墓葬，共分兩組，第一組出土於墓葬前室，殘損簡共 119 枚，書於竹黃面，殘存字數最多有 18 字，少者僅 1、2 字，大多在 6、7 字之間。據編痕推算，每簡約 30 字左右，內容有兩說：一為儒家典籍；二為《墨子》佚篇；第二組出土於左後室，共 29 枚〔註42〕，大部分是遣策。

5. 江陵望山 1 號墓竹簡

1965 年出土，約為戰國中期墓葬，殘簡 207 枚，書於竹黃面，文字大部分清晰，少數漫漶不清。整裡後 205 枚是卜筮祭禱記錄，另兩枚為簽牌。卜筮祭禱記錄內容有三類：一是占問疾病吉凶，二是占問出入侍王，三是占問爵位之事，由內容可知，墓主為楚悼王曾孫悼固。

〔註38〕陳偉：《楚地出土戰國簡冊（十四種）》（北京：經濟科學出版社，2009）。

〔註39〕李天虹：《楚國銅器與竹簡文字研究》（武漢，湖北教育出版社，2012）。

〔註40〕陳偉：《楚簡冊概論》（武漢：湖北教育出版社，2012）。

〔註41〕殘簡數目 37、38 各有說法，但拼接後為 18 枚。

〔註42〕由於其中 16 號簡分三段，商承祚《戰國楚竹簡匯編》將上段單獨編號，故有 30 枚之說；劉國勝於《楚喪葬簡牘集釋》，頁 12 中認為 16 號簡之上、中段內容屬於簽牌類資料，故應從遣策中剔除，下段無字且無法與其他遣策類簡綴連，故亦應刪去，而有 28 枚之說。

6. 江陵望山 2 號竹簡

1966 年出土，約為戰國中期晚段墓葬，出土時已散亂、殘斷，經整理後共有簡 66 枚，書於竹黃面，內容為遣策。

7. 江陵藤店 1 號墓竹簡

1973 年出土，戰國早期墓葬，殘簡共 24 枚，總數 47 字，內容為遣策。

8. 江陵天星觀 1 號墓竹簡

1978 年出土，戰國中期墓葬，竹簡 70 餘枚，約 4500 多字，書於竹黃面，卜筮祭禱紀錄和遣策。墓主為楚國封君，邸陽君番乘。

9. 隨州曾侯乙墓竹簡

1978 年出土，戰國早期墓葬，有字簡共 240 枚，整理後編 215 號，另有 3 枚有字簽牌，共 6000 多字，整理者根據內容分為四類：

（1）1～121 號：主要記車馬和車上的兵器裝備

（2）122～141 號：主要記車上裝備的人馬兩種甲冑

（3）142～209 號：主要記駕車的馬

（4）210～215 號：主要記馬和木俑

10. 臨澧九里 1 號墓竹簡

1980 年出土，為戰國中期墓葬，出土竹簡百餘枚，均殘斷，內容為遣策和卜筮祭禱記錄。

11. 江陵九店 56 號墓竹簡

1981 至 1989 年所清理東周墓 596 座中第 56 號墓，為戰國晚期早段墓葬，出土竹簡 205 枚，有字簡 146 枚，約 2700 字，書於竹黃面，整理者將竹簡分為 15 組，第一組 12 枚簡所記內容與農作物有關，第二至十四組為日書。

12. 江陵九店 621 號墓竹簡

1981 至 1989 年所清理東周墓 596 座中第 621 號墓，為戰國中期晚段墓葬，共竹簡 127 枚，均殘斷，較清楚的有 34 枚，不清楚的 54 枚，無字 39 枚，內容為書籍。

13. 馬山 1 號墓竹簡

1982 年出土，竹簡 1 支，8 字，內容為簽牌記事。

14. 常德夕陽坡 2 號墓竹簡

1983 年出土，為戰國中晚期墓葬，竹簡 2 支，1 號簡書 32 字，2 號簡書 22 字，內容為與楚王有關之記載。

15. 竹律管文字

1986 年出土，湖北江陵雨臺山 21 號楚墓，殘律管 4 支，38 字，記音律名。

16. 江陵秦家嘴 1 號墓竹簡

1986 年出土，為戰國中期墓葬，殘簡 7 枚，內容是卜筮祭禱紀錄。

17. 江陵秦家嘴 13 號墓竹簡

1986 年出土，為戰國中期墓葬，殘簡 18 支，內容是卜筮祭禱紀錄。

18. 江陵秦家嘴 99 號墓竹簡

1986 年出土，為戰國中期墓葬，殘簡 16 枚，內容是卜筮禱詞記錄與喪葬記錄。

19. 慈利石板村竹簡

1987 年出土，為戰國中期墓葬，殘簡 4371 枚，整理後竹簡 1000 多枚，字數 2100 多字，所記內容以吳、越為主，並附有議論。可分兩類：一為典籍，如《國語‧吳語》、《逸周書‧大武》，但殘損嚴重；另一類為傳世文獻，如《管子》、《寧越子》。

20. 荊門包山 2 號墓竹簡

1986 年 11 月至 1987 年 1 月發掘，為戰國中期墓葬，竹簡共 448 枚，有字簡 278 枚，共 12400 多字，另有竹牘一枚，共 154 字。大部分書於竹黃面，亦有書於竹青面，文字風格、字距疏密不一，應由多人書寫而成。竹簡內容分為三類：

（1）文書，共 196 枚

（2）卜筮禱詞記錄，共 54 枚

（3）喪葬記錄，共 27 枚

21. 江陵磚瓦廠竹簡

1992 年出土，殘簡 6 枚，其中 4 枚有字，內容為司法文書。

22. 湖北黃岡曹家崗楚簡

1992 年底至 19934 月，由湖北曹家崗墓地 9 座楚墓中之 5 號墓山上，共 7 枚竹簡，字跡模糊，書於竹黃面，字體秀麗，內容為遣策。

23. 范家坡竹簡

1993 年出土，竹簡 1 支，27 字，卜筮祭禱紀錄。

24. 郭店楚墓竹簡

1993 年出土，推斷年代為戰國中期偏晚，共出土竹簡 800 餘枚，有字簡 726 枚，共計 13000 餘字，文字主要書於竹黃面，少數書於竹青面，內容為道家和儒家著作十六種。

儒家典籍有：〈緇衣〉、〈五行〉、〈性自命出〉、〈成之聞之〉、〈尊德義〉、〈六德〉、〈窮達以時〉、〈魯穆公問子思〉、〈唐虞之道〉、〈忠信之道〉、〈語叢〉（一）、（二）、（三）。

道家典籍有：《老子》甲、乙、丙、〈太一生水〉。

25. 新蔡竹簡

1994 年出土，年代為戰國中期，竹簡共 1500 餘枚，近 8000 字，內容有三類：

（1）卜筮禱詞記錄

（2）祝冊

（3）記載祭禱的簿籍

據內容可知墓主為楚封君坪夜（平輿）君成，下葬年代在悼王元年（前 401 年）到悼王（前 395 年）之間。

26. 上海博物館藏戰國楚竹書（一）～（九）

出土年代不詳，約 1200 餘枚，內容屬戰國古籍，涉及歷史、哲學、宗教、文學、音樂、文字、軍事等。其中以儒家類為主，兼及道家、兵家、陰陽家等。

可與傳世本對照，如〈緇衣〉、〈周易〉、〈曾子立孝〉、〈內豐〉、〈武王踐阼〉。

先秦古佚書有：〈孔子詩論〉、〈性情論〉、〈樂禮〉、〈魯邦大旱〉、〈四帝二王〉、〈樂書〉、〈子羔〉、〈彭祖〉、〈恆先〉。

雜家類有：〈鬼神之明〉、〈曹沫之陣〉、〈慎子曰恭儉〉、〈三德〉。

史書類有：〈景公瘧〉、〈昭王毀室〉、〈東大王泊旱〉、〈君人者何必安哉〉、〈申公臣靈王〉、〈吳命〉、〈莊工既成〉、〈姑成家父〉、〈競建內之〉、〈鮑叔牙

與�朋之諫〉、〈容成氏〉。

文學類有：〈凡物流行〉。

音樂類有：〈采風曲目〉。

27. 香港中文大學文物館藏簡牘

出土年代不詳，共簡牘 259 枚，其中戰國楚簡 10 支，從內容看屬於古書，饒宗頤曾指 1 號簡屬〈緇衣〉，2 號簡屬〈周易〉，陳劍認為 3 號簡屬上博簡〈子羔〉篇，5、6、8 號簡應屬於上博五〈季庚子問於孔子〉。

28. 清華大學所藏戰國竹簡（一）～（四）：

出土年代不詳，估計約原有整簡約 1700 枚到 1800 枚上下，可說是嚴格意義上的典籍，至少有 63 篇古代文獻，有類似《竹書紀年》的編年體史書，所記上起西周初，下至戰國前期，可與《春秋》、《左傳》等對比；還有類似《國語》、《儀禮》的內容，並有卜筮用途文獻可能與《周易》有關，而最受矚目的還有《尚書》體裁題材文獻，有和傳世本相同的篇章如：〈金縢〉、〈康誥〉、〈顧命〉等，另還有許多前所未見的佚篇，仍待深入研究。

29. 楚帛書

亦稱楚繒書或楚絹書，全篇 900 多字，其於長沙子彈庫盜掘出土，墓葬時間約為戰國中晚期，自出土後便輾轉易主，現藏於美國紐約大都會博物館。因其非純文字之材料，故其用途說法眾多，根據李零整理，將以往學者所提出之六類用途歸納至三類，主要有「月令說」、「曆忌說」、「天官書說」。〔註43〕並將帛書內容分三大類：

（1）甲篇（十五行）：側重講知歲、順令的重要性和不知歲、逆令帶來的
　　　凶咎。

（2）乙篇（八行）：側重講四時的起源，即初由四神相代分四時，後由日
　　　月之行分四時。

（3）丙篇（邊文）：側重講各月禁忌（宜忌），每章皆有三字標題和神物圖
　　　象。

楚系簡帛文字因出土量豐，許多相關研究、著作甚多。專書部分，有收集

〔註43〕李零：〈《長沙子彈庫戰國楚帛書研究》補正〉，《古文字研究》第二十輯（北京：中華書局，2000）。

某一特定墓葬出土之竹簡文字所著之文字編：如望山楚簡有《望山楚簡文字編》
〔註44〕；曾侯乙墓竹簡有《曾侯乙墓竹簡文字編》〔註45〕；包山楚簡有《包山
楚簡文字編》〔註46〕、《包山楚簡文字編》〔註47〕；郭店楚簡有《郭店楚簡研究‧
第一卷‧文字編》〔註48〕、《郭店楚簡文字編》〔註49〕；新蔡竹簡有《新蔡葛陵
楚簡文字編》〔註50〕；上博簡有《上海博物館藏戰國楚竹書（一～五）文字編》
〔註51〕；楚帛書有《楚帛書》〔註52〕、《長沙楚帛書文字編》〔註53〕，另有《清
華大學藏戰國竹簡（壹—參）文字編》〔註54〕等各書，皆有其編排特色且廣收
各家之說並包含作者研究成果。亦有範圍包含楚系文字彙編而成之專書，如
《戰國楚簡文字編》〔註55〕、《戰國文字編》〔註56〕、《楚文字編》〔註57〕、《楚
系簡帛文字編》〔註58〕等，後兩者對楚系簡帛文字整理有相當之功。透過上述
許多工具書，使研究者可略窺楚系簡帛及其他載體之楚系文字之全貌。

根據滕壬生《楚系簡帛文字編》前言所提：

> 由於歷史和地域的原因，楚國自春秋以來就形成一種具有獨特風格
> 的文化。戰國時期，簡帛文字逐漸居於主導地位……具有濃厚的地
> 域特點。表現在書寫風格方面：……一般落筆重而收筆輕，多有首
> 粗尾細之感；有的簡易草率；有的波勢挑法具有後世隸書的雛形；

〔註44〕程燕：《望山楚簡文字編》（北京：中華書局，2007）。
〔註45〕張光裕、滕壬生、黃錫全主編：《曾侯乙墓竹簡文字編》（臺北，藝文印書館，1997）。
〔註46〕張光裕、袁國華：《包山楚簡文字編》（臺北：藝文印書館，1992）。
〔註47〕張守中：《包山楚簡文字編》（北京：文物出版社，1996）。
〔註48〕張光裕：《郭店楚簡研究‧第一卷‧文字編》（臺北：藝文印書館，2006）。
〔註49〕張守中、郝建文、孫小滄撰集：《郭店楚簡文字編》（北京：文物出版社，2000）。
〔註50〕張新俊、張勝波：《新蔡葛陵楚簡文字編》（成都：巴蜀書社，2008）。
〔註51〕李守奎、曲冰、孫偉龍編著：《上海博物館藏戰國楚竹書（一～五）文字編》（北京：作家出版社，2007）。
〔註52〕饒宗頤、曾憲通：《楚帛書》（香港：中華書局香港分局，1985）。
〔註53〕曾憲通：《長沙楚帛書文字編》（北京：中華書局，1993）。
〔註54〕李學勤主編，沈建華、賈連翔編：《清華大學藏戰國竹簡（壹—參）文字編》（上海：中西書局，2014）。
〔註55〕郭若愚：《戰國楚簡文字編》（上海：上海書畫出版社，1994）。雖書名戰國楚簡，但只收信陽楚簡與仰天湖楚簡，後附文字摹本與考釋，可供使用者對照查閱。
〔註56〕湯餘惠：《戰國文字編》（福州：福建人民出版社，2001）。
〔註57〕李守奎：《楚文字編》（上海：華東師範大學出版社，2003）。收錄 2000 年前公佈的楚國文字，包括銅器、貨幣、簡牘、繒帛、古璽以及在各種器物上的鍥刻、墨書、漆書、烙印等。
〔註58〕滕壬生：《楚系簡帛文字編》（增訂本）（武漢：湖北教育出版社，2008）。

表現在形體結構方面：結構歧異，筆劃多變、符號繁雜特殊；一字多體，繁簡並存，偏旁無定，假借盛行。這是楚簡帛文字的突出特點。〔註59〕

由此可見楚系簡帛文字在戰國文字中所具有的獨特性。根據楚系簡帛文字的演變情況，可見其仍處於簡化和增繁雙向的進行，但這不僅只是楚系文字的演變情形，而同樣是漢字整體的演變狀況，但觀察楚系簡帛文字時可發現其對於文字的結構方面的增簡有其特殊之處，這是與同時期其他地區的文字相比較為突出之處，因此本文選擇以楚系簡帛文字做為討論的範圍。

第三節　貨幣文字

楚國有銘貨幣可分四類：布幣、銅貝、金版、銅錢牌，以下分類介紹。

一、銅　貝

錢體上窄下寬成橢圓形，正面突起幣背平坦，錢體上部或下部有孔，亦有未穿透只存孔形之例〔註60〕。另有「蟻鼻錢」〔註61〕、「鬼臉錢」之稱。上模鑄陰文一字，幣文常見就已知共有七種：「巽」〔註62〕、「坴朱」〔註63〕、「君」、「忻（釿）」、「行」、「百（金）」、「匋（安、𧴩）」。

表 2-3-1　楚系銅貝文字字例

圖板	《貨系》4135	《貨系》4154	《貨系》4163	《貨系》4169	《貨系》4170	《貨系》4171	《貨系》4172
釋文	巽	坴朱	君	忻（釿）	行	百（金）	匋（安、𧴩）

〔註59〕滕壬生：《楚系簡帛文字編》（增訂本），頁 8。
〔註60〕參考高英民、張金乾：《中國古代錢幣略說》（北京：地質出版社，2002），頁 104。
〔註61〕因其字形宛如一隻螞蟻，故俗稱「蟻鼻錢」。
〔註62〕舊稱「鬼臉錢」由此字字形而得稱。
〔註63〕當讀作「釪朱」，即「錙銖」。即四分之一朱（銖）。參考陳治軍：〈「甾雨」與「坴朱」〉，《中國錢幣》2013 第 5 期（北京：北京報刊發行局，2013），頁 5。

二、布 幣

楚之布幣專稱為釿布，與三晉平肩方足布形制相同，但通體狹長，首有一孔〔註64〕，就資料所見，有大小兩種，大者正面有文「柿（旆）比（幣）當圻」〔註65〕四字，背面有「十貨」〔註66〕二字。小者有「四戔當圻」〔註67〕四字，此類或一正一倒四足相連，故亦有「連布」之稱。

表 2-3-2　楚系布幣文字字例

圖版			
釋文	柿比（幣）當圻〔註68〕	十貨	四比當圻

三、金 版

春秋晚期至戰國末期時楚國使用之稱量貨幣，多呈不規則的曲版狀，亦有圓餅狀。〔註69〕觀察出土的楚金版，面文共有七種：「郢爰」〔註70〕、「陳爰」、「專（鄟）爰」、「鑪」、「𪘓」〔註71〕、「鄟爰」。以「郢爰」數量最多，「陳爰」次之，其餘少見。

〔註64〕參考何琳儀：《戰國文字通論》（南京：江蘇教育出版社，2003），頁 154。

〔註65〕此四字多有他釋，但根據何琳儀：〈楚幣六考〉，《古幣叢考》（合肥：安徽大學出版社，2002），頁 229～231，認為當釋作「柿比當圻」，即指一枚大型布幣相當一釿。筆者認為較佳。

〔註66〕根據《中國歷代貨幣大系1 先秦貨幣》頁 25 中，認為「十貨」為布幣對十個楚銅貝的換算比價。

〔註67〕「四戔當斤」根據《中國歷代貨幣大系1 先秦貨幣》頁 24 解釋，為四枚小型布可當一枚大型布。

〔註68〕何琳儀：《古幣叢考》（合肥：安徽大學出版社，2002），頁 229～231，認為當釋作「柿比當圻」，即指一枚大型布幣相當一釿。筆者認為較佳。

〔註69〕參考《中國錢幣大辭典》編纂委員會編：《中國錢幣大辭典・先秦編》（北京：中華書局，1996），頁 23。

〔註70〕《中國貨幣大系》中作「爰」，然經羅運環：〈楚金幣「再」字新考〉一文考釋，應釋「再」較為恰當，但此仍使用原書寫法。

〔註71〕趙平安認為應隸作「彭」，為楚佔領山東後所鑄，寫法與齊系文字相似。參考趙平安：〈釋楚國金幣中的「彭」字〉，《語言研究》第 24 卷第 4 期（武漢：華中科技大學，2004），頁 35～37。

表 2-3-3　楚系金版文字字例

圖板	《貨系》4200	《貨系》4261	《貨系》4265	《貨系》4270	《貨系》4272	《貨系》4275
釋文	郢爰	陳爰	專爰	鑪	劤	鄟爰

四、銅錢牌

戰國晚期青銅鑄幣，呈長方版狀，鑄做工整，通體飾捲雲紋，以雲雷紋襯地，面背四周邊緣有郭，正面中央有兩圈圓形凸稜。〔註72〕目前可見共有銘文三種，分別為：見金一朱、見金二朱、見金四朱。

表 2-3-4　楚系銅錢牌文字字例

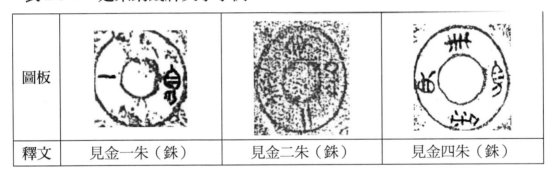

圖板		
釋文	見金一朱（銖）	見金二朱（銖）	見金四朱（銖）

貨幣文字因載體大小限制，只刻有寥寥幾字。重要著作有商承祚等《先秦貨幣文編》、張頷《古幣文編》、汪慶正《中國歷代貨幣大系 1 先秦貨幣》、吳良寶《先秦貨幣文字編》等書。以下將各資料特色以表格表示：

表 2-3-5　楚系貨幣文字重要著作特色表

出版年代	書　名	特　色
1983	《先秦貨幣文編》〔註73〕	正編收錄 313 字，同文異體 5726 字。合文 63 字，同文異體字 232 字。附錄待釋 534 字，同文異體字 1347 字。共 8215 字。編排以《說文解字》為序，依據實物原拓本和影印本收錄字形，每字附註編號，可與書末編引書目對照查詢，為第一本先秦貨幣文字編。

〔註72〕參考《中國錢幣大辭典》編纂委員會編：《中國錢幣大辭典‧先秦編》（北京：中華書局，1996），頁 21。

〔註73〕商承祚、王貴忱、譚棣華合編：《先秦貨幣文編》（北京：書目文獻出版社，1983）。

1986	《古幣文編》〔註74〕	正編收字目 322 條，字形 4578 字，合文字目 66 條，字形 203 字，附錄字目 509 條，字形 941 字。編排以筆畫為序，每字形下註明種類、辭例、出土地點或資料出處。
1988	《中國歷代貨幣大系1先秦貨幣》〔註75〕	依照貨幣類型、材質、國別分類、論述，輔以圖錄、釋文，相當程度的呈現出先秦貨幣之面貌，另有出土情況表與甲骨卜辭與青銅銘文中關於貨幣記錄摘要，對於了解貨幣及其銘文有極大助益。
2006	《先秦貨幣文字編》〔註76〕	收錄字形以實物拓本為主，輔以摹本，共收字頭429條，同文異體4515字，合文100條，附錄556字。字頭編排依《說文解字》大徐本，不見錄於《說文解字》之字則採隸定後附於相應各部之方式。因其收錄 2005 年以前許多對於辨偽、釋字等專論對照前人論著，摒除前人著作中所收偽品或仍有疑義之貨幣文字。

透過這些資料可理解楚國貨幣使用情況，或根據出土地及銘文內容與歷史記載相印證，如楚貨幣文字為陰文，與其他國家為陽文不同，便是鑄造方式的差異。

其次楚幣文類由單一至多元再回歸單一，如銅貝由上書「哭」字一種，後又出現「棄」、「君」、「匋」等，後又歸於「哭」；金幣由單一的「郢爰」，後出現「陳爰」、「鄎爰」等，後來再歸於「郢爰」。這與楚鑄幣權由中央轉至地方封君，最後又收回之楚國政治情況有關〔註77〕。雖貨幣文字字形資料較少，但仍可藉經濟學、文化學、歷史學等角度得到更多成果。

第四節　璽印文字

根據林素清之說法，璽印之起源或與銅器鑄造有關〔註78〕，至春秋開始成為信物之用，成為任命官吏、外交及商業貿易活動中之憑證，至秦始皇統一中國，璽印則轉變為統治者象徵的信物。如同《說文‧土部》中對璽字的解釋：「璽，王者之印也，呂主土，从土，爾聲。璽，籀文从玉。」〔註79〕此

〔註74〕張頷：《古幣文編》（北京：中華書局，1986）。

〔註75〕汪慶正主編、馬承源審校：《中國歷代貨幣大系 1 先秦貨幣》（上海：上海人民出版社，1988）。

〔註76〕吳良寶：《先秦貨幣文字編》（福建：福建人民出版社，2006）。

〔註77〕楚國貨幣鑄造權部分參考趙德馨：《楚國的貨幣》，頁348。

〔註78〕林素清：《先秦古璽文字研究》（臺北：台灣大學碩士論文，1975），頁4～5。

〔註79〕（漢）許慎撰、（清）段玉裁注、鍾巫憲編：《新添古音說文解字注》（臺北：洪葉文化事業有限公司，2005），頁694。

是許慎以漢制解釋的結果，也反映了璽印自秦代後地位變化的史實。

　　宋代由於金石學的興盛，已有對古璽印加以蒐集記錄，如王俅《嘯堂集古錄》、薛尚功《歷代鐘鼎彝器款識法帖》等，但也如同銅器文字，並未重視字形、時代、地區、官印私印等區別，亦未有系統化的整理，只是做為鐘鼎彝器的附庸，至清乾隆年間程瑤田《看篆樓印譜序》始認出古璽中的「私璽」二字。清道光年間徐同柏為張庭濟編《清儀閣古印偶存》首列「古文印」目，將其置於秦、漢印前。光緒年間王懿榮為高慶齡作《齊魯古印攈序》，提出印文如「司馬」、「司徒」等出於周代官制，潘祖蔭為其所作序文更肯定了鈢與璽之分別沿革。羅振玉《赫連泉館古印續存》中亦指出古璽中有「成語印」。王國維《桐鄉徐氏印譜序》以羅福頤《古璽文字徵》〔註80〕中資料，輔以《正始石經》、《說文解字》及戰國文字證明古璽文字同為戰國古文，並肯定其研究價值。

　　而戰國文字分域概念盛行之後，璽印文字的分系研究亦開始興起，本文選取針對楚系璽印文字做整理分析的工具書，將其表列如下：

表2-4-1　討論楚系璽印文字著作特色表

出版年代	書　名	特　色
2001	《戰國鈢印分域編》〔註81〕	書前〈戰國鈢印分域考〉一文對於戰國各系的璽印文字的結構、書寫特色以及內容有簡要的說明，並配合金文以及簡帛文字，戰國鈢印楚系卷中收373方楚系璽印，書末附戰國璽印文字中各系的特色部首和字，對於了解戰國各系的特色可起相當成效。
2002	《古代璽印》〔註82〕	該書討論歷代璽印，範圍自戰國至清代，而書中的「戰國古璽及其國別研究」、「古璽與古璽文字研究」兩主題對於楚系印璽文字的特色及出土情形和研究文章皆有豐富的論述。
2003	《中國書法全集・第92卷・先秦璽印卷》〔註83〕	收楚璽135方，書前〈先秦璽印概論〉一文中對楚璽有簡略但精要的概述，書末附有璽文考釋，對於所收璽印的時期、形制、收藏處等有詳細的介紹。

〔註80〕羅福頤：《古璽文字徵》《古籀匯編》（上海：上海書店出版社，1998）。

〔註81〕莊新興：《戰國鈢印分域編》（上海：上海出版社，2001）。

〔註82〕曹錦炎：《古代璽印》（北京：文物出版社，2002）。

〔註83〕劉正成主編：《中國書法全集・第92卷・先秦璽印卷》（北京：榮寶齋出版社，2003）。

| 2008 | 《戰國璽印分域研究》〔註84〕 | 此書按照官璽、私璽之順序，介紹齊系、燕系、楚系、晉系和秦系等戰國璽印文字。結合前人研究成果對楚系璽印文字做詳細的考釋。 |
| 2010 | 《二十世紀出土璽印集成》〔註85〕 | 該書對璽印學的資料整理、文獻回顧以及古璽印的來源、分類、形制、材質、印面分析、用法、歷代璽印文字、鑒定和辨偽等關於璽印的研究情形皆有豐富且全面的整理。而璽印譜錄表列各時期璽印並標出國別、朝代，對於璽印全面性的研究有相當大的助益。 |

　　楚系璽印可分官印和私印兩種，官璽形制大小不一，主要為方形，私印則形狀多元，陰、陽文皆可見，有的或飾「田」字界格或豎界格。曹錦炎《古代璽印》對楚系印璽風格做出評論：「字體風格與同時期的青銅器銘文和竹簡文字比較接近，線條流暢，結體散逸，秀而不媚，頗有毛筆書寫之意味。」〔註86〕

　　而楚系璽印文字特有的結構特徵則略舉數例表列如下：

表 2-4-2　楚系璽印文字特色表

字例	金	陳	吳	中	心
圖例	金	陸	吳	中	心

　　楚系官印銘文內容有地名及職官名、機構名。所載如：「廈」、「官」、「令」「職」、「尹」、「計」、「客」、「囂」、「大夫」、「弋陽」、「上贛」、「下蔡」等，本文不全數列舉，以《古代璽印分域編》一書中之楚系卷中資料，茲舉數例列表如下：

表 2-4-3　楚系璽印官印字例表

廈			
	1017〔註87〕	1018	1023
	大廈	司馬之廈	敔（造）廈之廈

〔註84〕陳光田：《戰國璽印分域研究》（長沙：岳麓書社，2008）。
〔註85〕周曉陸：《二十世紀出土璽印集成》（全三冊）（北京：中華書局，2010）。
〔註86〕曹錦炎：《古代璽印》（北京：文物出版社，2002），頁36。
〔註87〕本表編號採用《古代璽印分域編》一書中之編號。

官	1027	1028	1030
	伍官之鈢	宰官之鈢	新邦官鈢
職	1055	1056	1057
	戠室之鈢	下蔡戠鈢	戠歲之鈢
尹	1036		1037
	士尹之鈢		連尹之鈢
計	1026		
	軍計之鈢		
客	1038	1039	1041
	群粟客鈢	鑄巽客鈢	羊坒諹客鈢
囂	1078	1048	1049
	大莫囂鈢	九𥣭（湘）坙（夌）莫囂	□囂之四〔註88〕

〔註88〕陳光田：《戰國璽印分域研究》（長沙：岳麓書社，2008），頁 141。將其釋為「連囂（敎）之□三」。

大夫	1005	1006	1007
	上厫邑大夫之鉨	下蔡邑大夫〔註89〕	上場行邑大夫鉨

根據璽印文字的資料，與典籍互相印證的過程中，除可透過典籍記載官名幫助釋字外，亦可由璽印文字中之地名、官名印證典籍的記載，兩者可為互補。而楚系璽印文字的書寫風格大致與楚系銅器銘文、簡帛文字等相近，有其地區特色，故亦可透過其獨有的地區特色做為判定楚璽的標準。

楚系文字資料除上舉四類外，仍有如石器、陶器、木器、漆器、皮革等，但因數量及研究較少，故本文略而不論。

〔註89〕陳光田：《戰國璽印分域研究》，頁 132。認為舊釋「邑」有誤，當釋成「序」。筆者認為兩釋法皆可通，故保留《戰國璽印分域編》釋法並備其一說。

第三章　漢字結體增繁概念論述

　　漢字的結構隨著長時間的使用而逐漸有所轉變，而增繁便是結構轉變中的一種演變方式，增繁有分「筆畫增繁」與「部件增繁」，其是藉由改變漢字的形體來達到不同目的，而欲更深入了解改變之原因與用意，則須先清楚漢字組成結構之演變情形；而改變後的結果與影響，可由前人自各種角度對漢字形體不同之觀察所作之結論觀其端倪。

第一節　漢字組成結構的演變

　　漢字據現今出土材料，自有明確文字系統的殷商甲骨文計算，已發展 3600 多年〔註1〕，如將史前文化遺址如：河南舞陽賈湖、西安半坡、臨潼姜寨、山東莒縣陵陽河、江蘇吳縣澄湖、安徽蚌埠雙墩等出土器物上刻畫符號計算入內，則可將漢字演進史往前推進至 7、8000 年前。〔註2〕但在檢視這類符號時，應將其視作漢字的起源養分，除再有新的出土發現證明其發展脈絡，否則不宜堅持將其與漢字強作連結。作為漢民族在社會活動中交流溝通並紀錄語言的工具，藉由將漢語的音義符號化成為每個人可透過學習而使用，其經歷長久時光的創造、嘗試，而非一人一時一地所能創發，是無數人在漫長時光中

〔註1〕參考王寧：《漢字構形學講座》（上海：上海教育出版社，2002），頁 22。
〔註2〕李先登〈三論漢字的起源與形成〉，《古文字研究》第二十七輯（北京：中華書局，2008），頁 16。

積累的經驗以及約定俗成所造就的成果。且漢字具有相當強的包容性,其不單只有記錄通語雅言的功能,亦有記錄語言異聲的方域俗語功能。〔註3〕

按裘錫圭之分析,漢字是由意符、音符和記號所組成之文字,故可將漢字定義為「語素—音節文字」。〔註4〕高明認為漢字是在漢語的基礎上產生,漢字不僅每字代表一音節,且具有獨立的詞意,故應稱之「音節詞字」〔註5〕。而不宜單純的稱之「表意文字」。李運富、張素鳳則分別從外形、構造、記錄職能等三方向將漢字作全面解析,稱作「方塊形文字」、「表意主構文字」、「語素音節文字」。〔註6〕

由上述前輩學者之研究,可明白傳統稱漢字為表意文字時有值得商榷之處,漢字創始之初或可稱為表意文字,但西周之後形聲字比例增加,聲符的使用亦成為漢字重要的組成部分,故如欲說明漢字的性質,筆者認為漢字的表意、表音兩部分皆應並重觀察。

自現今所見上古陶文、殷商甲骨文、商周青銅器、簡帛、貨幣、璽印、陶器等不同書寫載體上檢視漢字的發展,根據裘錫圭所歸納之漢字字體結構組成的發展方向有三:

(一)形聲字的比重逐漸上升

(二)所使用的意符從以形符為主變以義符為主

(三)記號字、半記號字逐漸增多〔註7〕

而戰國文字亦同,根據湯餘惠對戰國文字結構演變的觀察:

> 從殷商到戰國,形聲字的數量差不多增加了兩倍,帶有表音成分的文字形體大幅度地增加,是戰國文字不同於商周古文的又一個顯著特徵,此外,從文字的使用上說,這一時期使用借字蔚成風氣,不僅有本無其字的假借,而且有已有其字的通假……在戰國人的心中,使用專字的觀念似乎十分淺薄,文字越來越淪為單純記錄語音

〔註3〕李圃:〈中國正統文字的發端──殷商甲古文字在中國文字發展史上的地位〉,《中國文字研究》2003 年第四輯(南寧:廣西教育出版社,2003),頁 17。

〔註4〕裘錫圭:《文字學概要》(北京:商務印書館,1988),頁 16。

〔註5〕高明:《中國古文字學通論》(北京:北京大學出版社,1996),頁 41。

〔註6〕李運富、張素鳳:〈漢字性質綜論〉,《北京師範大學學報(社會科學版)》2006 年第一期(總第 193 期)(北京:北京師範大學,2006),頁 76。

〔註7〕裘錫圭:《文字學概要》(北京:商務印書館,1988),頁 32~36。

的符號……。〔註8〕

書寫方式也從圓轉的曲線演化為橫直撇捺等簡單筆畫〔註9〕。由可信出土材料統計，漢字字數由仍帶濃厚圖形化意味的商代甲骨文之 4500 餘字，發展至東漢許慎著《說文解字》，已收有 9353 字，重文 1163 字，可明白漢字經歷漫長時光的發展，在許多變因的影響下，透過上述演變趨勢，創造出許多新字。現今學者將包括小篆在內的先秦漢字，稱作古文字，將古漢字發展的特徵及演變過程分作殷商文字、西周春秋文字、戰國文字等三個時期。而東漢的「六書」漢字創造理論〔註10〕，雖然仍有未詳盡、完美之處，但已能大致包含漢字發展的情況。

　　在古文字時期中，漢字結構組成的發展，處於持續變動的情況，無論俗體的甲骨文或是正體的金文以及雅俗文字材料兼具的戰國文字〔註11〕皆可發現漢字的組成仍處於繁化、簡化交替之情況〔註12〕。繁化即在文字原有構件上，透過增添筆畫、部件等方式，在不同書寫情況下不改變字義而達成特殊目的。其因目的不同而產生兩種發展方向：

　　（一）漢字隨著漢語的發展，數量不斷擴充，且漢字有許多同義異構字，或形體相近易混淆之字，故在書寫時透過增添筆畫或部件，來加強字意或字音。

　　（二）隨著政治、文化、經濟的發展，審美觀念逐漸風行，器物造型由樸素轉而華美，文字亦同，人們開始嘗試在不改變文字結構的狀況下，改由筆畫下手，如在文字構形中改造原有的筆畫使之盤旋彎曲如鳥蟲形，或加以鳥形、蟲形等紋飾。將文字由單純的記錄作用變成兼具裝飾作用的藝術品。〔註13〕而

〔註8〕湯餘惠：〈略論戰國文字形體研究中的幾個問題〉，《古文字研究》第十五輯（北京：中華書局，1986），頁9。

〔註9〕陳世輝、湯餘惠：《古文字學概要》（福州：福建人民出版社，2011），前言。

〔註10〕六書如下：

　　班固：象形、象事、象意、象聲、轉注、假借。

　　鄭眾：象形、會意、轉注、處事、假借、諧聲。

　　許慎：指事、象形、形聲、會意、轉注、假借。

　　現今學者採用許慎名稱、班固排序。

〔註11〕戰國文字有別於甲骨文和金文以載體為名，而是以時代為名，故自戰國以後漢以前之各種載體之文字，皆稱為戰國文字。

〔註12〕參考王寧、羅衛東：《春秋金文構形系統研究》（上海：上海教育出版社，2005），頁68。

〔註13〕參考曹錦炎：《鳥蟲書通考》（上海：上海書畫出版社，1999），頁1。

美飾功能具有臨時性、個別性的特點。〔註14〕

其產生原因是漢字仍處於發展階段，文字形體尚未成熟，許多字形並未固定，故多異寫。漢字中的繁化情形，隨著漢字演化持續，有自外緣改變書寫方式，也有自內緣由強化漢字。可看出其具有階段性及層次性。

第二節　漢字古文字中的「增繁」論述

自甲骨文以降，便可見在文字原有的組成中增加筆畫或部件，以求文字書寫的整齊、美觀情形，而前輩學者對此早有關注，最早提出討論者為清代王筠，其《說文釋例》云：「古人造字，取其百官以治，萬民以察而已。沿襲既久，取其悅目，或欲整齊，或欲茂美，變而離其衷矣。此其理在六書外，吾無以名之，強名曰延飾焉爾。」〔註15〕最值得注目之處為「理在六書之外」句，雖並未說明延飾究竟何指，但仍可清楚的理解「多餘筆畫或部件」原不屬於造字法則中，是後人出於各種目的而加於原有文字之中，對漢字的字理字義產生不同的影響。

而根據王寧整理表意功能強化特點：

1. 當意符發生變化或形符筆勢化以後，改造自己的形符和對字義的解釋以創造形義統一的新局面。

2. 由於書面與與口語可以即時互相轉化（口語被記錄，則轉為書面語；書面語被讀出或唱誦，則轉化為口語）。

3. 漢字職能的發揮，是由書寫和認識兩環節合成，而兩者在繁簡化過程中是互相衝突的〔註16〕。

學者對增添為筆畫或部件看法不同，各有定義，主要有「飾筆」、「羨符」、「贅筆」、「羨畫」、「延飾」、「裝飾符號」等名稱。以下根據類型不同，分筆畫和部件兩類列舉各家說法以釐清此概念。

一、筆畫增繁

在文字既有形體中，書寫者以增加筆畫之方式達成目的是為筆畫增繁。前

〔註14〕參考張再興：《西周金文文字系統論》（上海：華東師範大學出版社，2004），頁204。
〔註15〕（清）王筠：《說文釋例》（上海：世界書局，1983），頁219。
〔註16〕參考王寧：《漢字構形學講座》（上海：上海教育出版社，2002），頁5～7。

人對於筆畫增繁的使用情形說解如下：

　　馬國權〈戰國楚竹簡文字略說〉〔註17〕在論述長沙楚帛書時，提出可能因為其用於神祇，為了莊重或是美觀目的，故不少字加有「羨畫」，並列舉如「米」（來）、「示」（不）、「可」（可）等字例使用情形並與他地出土字比較，認為不論時代、地點，但在某種場合，文字添加羨畫，皆有其相同之處。馬氏對多餘筆畫所可能使用情況提出了假設。

　　唐蘭於《古文字導論》中認為：

　　文字的結構趨向到整齊的方面，因是在許多地方添一些筆畫，使疏
　　密勻稱，大約有五類：

　　1. 凡垂直的長畫，中間常加「‧」，「‧」又引為一，間或為「Ｖ」

　　2. 凡字首是橫畫，常加一畫

　　3. 凡字首為橫畫者，常加「八」

　　4. 凡字末常加一，一下又加「--」或「川」

　　5. 凡中有空隙的字，常填以「‧」〔註18〕

其於書中所列舉之情況，即我們現在所熟知的「飾筆」，被認為做為美化功能使用。

　　湯餘惠於〈略論戰國文字構型研究中的幾個問題〉中提出：

　　古漢字於文字的基本筆畫外，往往附加以輔助性質的筆劃，此種筆
　　劃雖不是文字的必要組成部分不具有「六書」意義，在具體的文字
　　形體中卻可以起到特定的輔助作用。〔註19〕

　　其認為漢字於戰國時期，輔助性筆畫主要有五種功能：

　　1. 充當合文或重文的符號

　　2. 表示字形省略

　　3. 用以調整筆劃、偏旁布局

〔註17〕馬國權：〈戰國楚竹簡文字略說〉，《古文字研究》第三輯（北京：中華書局，1980），
　　　　頁157～158。

〔註18〕唐蘭：《古文字學導論》（濟南：齊魯書社，1981），頁223～227。

〔註19〕湯餘惠：〈略論戰國文字構型研究中的幾個問題〉，《古文字研究》第十五輯（北京：
　　　　中華書局，1986），頁38。

4. 裝飾美化

5. 用來區別形近易混的字。

又戰國文字不同載體中常見的輔助性筆畫，則概分為三大類如：「二」、「-」、「起輔助作用的點」，文中除解釋此輔助性筆畫在戰國文字中所發揮的功能，並舉例加以說明，如：以「為」作「ᵉ৯」解釋「二」表示省略功能；「亡」作「ᵗᵉ」，解釋「-」的輔助文字結構布局作用；「隻」作「ᵉ」，說明用作飾筆的點式樣較多，數量一到四種不等，體式或長或圓不一。湯氏亦認為飾筆會造成辨識時的錯誤或疑問。

林清源對「增添贅筆」的概念提出討論如下：

> 在戰國中晚期的楚國文字中，經常可以發現有些筆畫繁雜的字，在
> 某些特定偏旁上，依照慣例添加贅筆。這種現象反映，某個偏旁增
> 添某種贅筆，似乎已經成為該地區約定俗成的寫法。書寫者在增添
> 贅筆時，未必會有意識地運用這些筆畫來調整字形使之勻稱美觀。
> 基於上述理由，對於這些既不表音又不表義的簡單筆畫，雖然近年
> 來學者多稱之為「飾筆」或「裝飾符號」，但筆者還是寧可選擇選用
> 比較中性的「贅筆」一詞來表述。〔註20〕

何琳儀在《戰國文字通論》中將裝飾符號分為「單筆裝飾符號」〔註21〕和「複筆裝飾符號」〔註22〕兩類，認為這些符號的作用純屬裝飾作用，不屬於文字範疇，並認為其容易與文字筆畫相混淆，辨認時不可以「羨筆」為筆畫，否則容易對文字結構會有錯誤的判斷。

劉釗的《古文字構形學》中，對於飾筆所下定義：「飾筆……是指文字在發展演變中，出於對形體進行美化或裝飾的角度添加的與字音字義都無關的筆畫，是文字的羨餘部分。」〔註23〕此是針對裝飾符號的特性而言。又

> 古文字中的飾筆很複雜，有各種形式的飾筆，各個時期的飾筆也呈

〔註20〕林清源：《楚文字構形演變研究》（臺中：東海大學中國文學系博士學位論文，1997），頁96。

〔註21〕即在原有文字基礎上增加一畫，諸如圓點、橫畫、豎畫、斜畫、曲畫等。參見何琳儀：《戰國文字通論》（南京：江蘇教育出版社，2003），頁256。

〔註22〕即在原有文字的基礎上增加複筆，諸如「..」、「=」、「//」、「\\」、「/\」、「ᴸᴸ」。參見何琳儀：《戰國文字通論》（南京：江蘇教育出版社，2003），頁259。

〔註23〕劉釗：《古文字構形學》（福州：福建人民出版社，2006），頁23。

現出不同的狀態。有的形體添加的飾筆只保留一段時間，隨後就消失了；有的所增加的飾筆則成為構形的一部份，並被永久保留下來；有的飾筆自身從母體中分離出來成為獨立的字。

飾筆有時與區別符號兩者不易辨別，有的飾筆在演變過程中也起到了區別符號的作用，成為一個字從另一個字中分離分化出來的區別標誌。〔註24〕

此則是對於飾筆所增加對於辨識文字的困難度以及飾筆所可能發揮的功能而言。

由上述前輩學者的分析，可見戰國文字在演變的過程中，無論是出於有意識的增加筆畫以美化字形、明辨字義，或是因為出於無意識的增添筆畫，無論如何，就後世觀看的角度而言，都增加了辨識的難度。

二、部件增繁

在文字既有形體中，書寫者以增加部件之方式達成目的是為部件增繁。前人對於部件增繁的使用情形說解如下：

林清源亦在「贅」這個概念提出「增添贅旁」，並作出解釋：

在用以構成文字的各個部件中，除了功能明確的義符與音符之外，有時還會發現一些既不表音也不表義的部件。這些不具備實質功能的部件，依據型態的差異，可以區分為筆畫與偏旁兩個層次。前者只是一些簡單的筆畫，不具備任何意義，一般簡稱為「贅筆」、「羨畫」、「飾筆」或「裝飾符號」。後者的形體，雖與一般的偏旁相同，但並未被賦予表音或表義等實質功能，因此本論文稱之為「贅旁」。

〔註25〕

林清源也指出，楚文字中的贅旁，約以：「口」、「甘」、「宀」、「心」、「土」等字較為常見，並認為這些贅旁，儘管可能有裝飾功能，卻無益於文字音義的表達，故後代多淘汰不傳。〔註26〕

〔註24〕劉釗：《古文字構形學》（福州：福建人民出版社，2006），頁23。

〔註25〕林清源：《楚文字構形演變研究》（臺中：東海大學中國文學系博士學位論文，1997年），頁92。

〔註26〕林清源：《楚文字構形演變研究》，頁95～106。

　　何琳儀將真正屬於本文討論範圍的部件類增繁歸為「增繁無義偏旁」，認為：「在文字中增加形符，然而所增形符對文字的表意功能不起直接作用。即便有一定的作用，也因其間關係模糊，不宜確指。因此，這類偏旁很可能也是無義部件，只起裝飾作用。」〔註27〕何琳儀在此語帶保留的對「贅旁」的功能做出解釋，指出此非增繁筆畫，而是明白可認的偏旁部件，其增繁意義無法明確解釋故暫歸於無義部件。也列出了十三類「增繁無義」的偏旁，如：土、厂、穴、戶、立、口、曰、心、又、爪、攴、攵、卜等。

　　張振林於〈古文字中的羨符──與字音字義無關的筆畫〉一文中認為「羨畫」是與造字字理毫無關係的，其判定條件需排除自漢字符號化程度提高後，字理主要從定形了的象形為基礎演變而成的基本單字和偏旁，以及會意、形聲、代號符的應用。並透過敘述文字由「形─義」、「音─義」、「形音義一體」的演化方式推測「羨符」是春秋後期至戰國時期形聲構字方法造成的偏旁濫用，並列舉如口、言、欠、又、𠬝、夊、止、毛、足、彳、宁、行、走等，沒有區別詞意詞性作用的同一層面的重複，便可以判斷為羨符。〔註28〕其對於羨符的定義及發展的情形說明可謂清晰，但對於「羨符」中存在與所增的字完全無關之情形卻似乎語焉未詳。

　　蕭毅於《楚簡文字研究》中將繁化分成單筆、多筆、偏旁繁化，並將偏旁繁化分為無義繁化、標義繁化〔註29〕、標音繁化、重疊繁化四種。但亦說明有時所增的偏旁與字義很難判斷關聯性。〔註30〕

　　羅運環〈論楚文字的演變規律〉將這類現象歸為「偏旁的分化」，認為以透過繁增偏旁的方式來分擔原字義符功能〔註31〕。

　　由以上前輩學者的分析，筆者歸納得出以下結論：

　　在文字「繁化」的概念下，可略分為增繁筆畫和部件兩類。「飾筆」、「羨符」、「贅筆」、「羨畫」、「沗飾」、「裝飾符號」等名稱並不足以代表全部，而

〔註27〕何琳儀：《戰國文字通論》（訂補）（南京：江蘇教育出版社，2003），頁215～216。

〔註28〕張振林：〈古文字中的羨符──與字音字義無關的筆畫〉，《中國文字研究》2001年第二輯（南寧：廣西教育出版社，2001），頁126～138。

〔註29〕根據蕭毅解釋：有時增加的偏旁與文字的音義無關，稱為無義繁化；反之則稱為有義。蕭毅：《楚簡文字研究》（武漢：武漢大學出版社，2010），頁52。

〔註30〕蕭毅：《楚簡文字研究》（武漢：武漢大學出版社，2010），頁52。

〔註31〕羅運環〈論楚文字的演變規律〉，《出土文獻與楚史研究》（北京：商務印書館，2011），頁17。

是側重部分特性的稱呼。筆者觀察上述之前人論述中，有些被認為羨餘之使用部份，但卻有其實質功能，如部分增繁筆畫做為區隔符號或是標示符號使用。而眾多針對繁化現象所造各種名詞，則是因不同年代學者們限於所見出土材料，單就文字形體觀察之情況所下定義及描述，而未從增添筆畫或偏旁之用意角度命名，故有「飾」、「羨」、「贅」等詞。

　　而縱觀漢字演變的角度，文字的繁化，不論其功能為何，有意或無意，皆不妨礙文字音義的表達，只是隨著標準字的確立，混亂了初始造字的構造及意涵，及增加後人認字時的困難度。

第三節　漢字的異體現象

　　漢字從圖象化線條符號經過漫長的發展，因應日益複雜的使用環境發展出不同功能的畫分，文字組成有聲符和意符的職能分配，或使用符號作為輔助，這是漢字組成的特殊之處，而正是這些特殊的組成結構，使得漢字的形體呈現多元的組合方式。漢字形體演變的過程中，漢字形體使用增繁以及許多方式出現了多種變化形式，而這些變化，在後人研究討論下，產生了許多解釋名詞，如：「分化字」、「異體字」、「異構字」、「俗字」、「古今字」等，雖然並非全因討論繁化情形所使用，但筆者認為如欲討論繁化概念，這些與其相關之名詞實有先分類定義之必要。以下藉由將上述名詞各別說明之外，並透過梳理其關係，探討繁化在漢字結構的演變中扮演的角色以及所造成的影響。

一、廣義異體字

　　廣義異體字又稱：俗體、古體、或體、帖體、古今字、正俗字、多形字〔註32〕。而漢字的「異體」是漢字發展時隨之而生的現象，隨著漢字的使用和發展，「異體」的形成和數量也隨之增加。造成「異體」的原因也有許多，以下整理前輩學者對異體字產生原因的討論說法：

　　（一）王力對異體字的產生方式有四點看法：

　　　1. 會意字與形聲字之差

　　　2. 改換意義相近的意符

〔註32〕呂永進：〈異體字的概念〉，《異體字研究》（北京：商務印書館，2004），頁34。

3. 改換聲音相近的聲符

4. 變換各成分的位置〔註33〕

（二）梁東漢認為異體繁多是因為漢字是作為表意文字所發展的必然結果，其認為代表同一個音節的符號或一個詞的不同形式和結構即可稱作「異體」，並將其來源分成下列十五類：

1. 古今字

2. 義符相近，音符相同或相近

3. 音符的簡化

4. 重複部分的簡化

5. 筆畫的簡化

6. 形聲字保存重要的一部分

7. 增加音符

8. 增加義符

9. 較簡單的會意字代替較複雜的形聲字

10. 簡單的會意字代替結構複雜的形聲字

11. 義符音符位置的交換

12. 新的形聲字代替舊的較複雜的形聲字

13. 假借字和本字並用

14. 重疊式和並列式並用

15. 書法上的差異

認為在這十五類中，第 2、3、15 類是形成異體的主要方式〔註34〕。

（三）蔣善國提出七點異體字的成因：

1. 群眾在不同地區和不同時代分別創造的結果

2. 形聲化的結果

（1）不標音字的標音化

〔註33〕王力：《古代漢語》（修訂本）（北京：中華書局，1993），第一冊，頁173～174。
〔註34〕梁東漢：《漢字的結構及其流變》（上海：上海教育出版社，1981），頁63～69。

（2）另造新形聲字代舊形聲字

（3）由於造字時的觀點不同產生了同一聲符而義符不同的形聲
　　字

（4）由於受空間和時間的影響採用聲符不同，產生了同一義符
　　而聲符不同的形聲字

（5）累增字和分別字的創造

（6）變換偏旁的部位

3. 簡化作用的發揮

4. 雙音詞的影響

5. 錯別字的約定俗成

6. 假借和通假的影響

7. 「隸定」對線條的轉化和真書的改變隸體〔註35〕

（四）曾榮汾舉出十一點異體字的成因：

1. 創造自由

2. 取象不同

3. 孳乳類化

　　（1）本字借為它義，為區別本義及借義而益形者

　　（2）為強化本字義類而益形者

　　（3）雙音詞因上下義而益形者

4. 書寫變異

5. 書法習慣

6. 訛用成習

7. 諱例成俗

8. 政治影響

9. 適合音變

〔註35〕蔣善國：《漢字學》（上海：上海教育出版社，1987），頁84～90。

10. 方俗用字

11. 行業用字〔註36〕

（五）章琼對於漢字異體字分出五種類型：

1. 為語言中同一語詞而造、在使用中功能沒有分化的一組字

2. 造意不同，但在實際使用中用法相同、功能重合的一組字

3. 同一古文字形體由於傳承演變、隸定楷化的方式不同，而在楷書平面上出現了兩個或兩個以上不同的形體，這些楷書字形之間構成了異體字關係

4. 異寫字

5. 訛字〔註37〕

上列前輩學者自漢字內外部使用環境，針對漢字的形體、書寫情形、符號使用、使用者的使用習慣、結構的增繁與簡省、文化或政治背景等因素對異體字成因進行分析，可知漢字的「異體」現象是各個時期的漢字使用者針對漢字的特性因應不同使用場景，不斷對其調整所造成，而這些調整方式是不同時期的人們配合當時的使用習慣，可能出於臨時性或隨意性以及為特定目的而產生。

而異體字的判定可分為廣義和狹義，廣義上只要一個字因不同情形出現過的各種寫法，而不考慮其產生的背景以及原因，皆可稱之為異體字。但廣義的異體字認定存有許多可供討論之處，因廣義的異體字認定既然是以一個字的不同寫法來認定，即是以「同異」的概念來判定異體字，則必然需先訂定一個字的「正體」。然而正體的認定問題，舊時以《說文解字》為正體，但忽略了小篆與漢字初始構形相比已有許多的訛誤之處，如從字理的角度看來，以小篆做為正體似乎亦有可商榷之處。

而正體的認定又因每朝每代不同，如曾榮汾所提出形成異體字的「政治影響」因素，即是由於在特定的政治環境下，由官方強制規定所造成，故雖自後世的角度觀察其為異體，但卻是當時所訂定的正體。此一情況，可發現廣義的

〔註36〕曾榮汾：《字樣學研究》（臺北：臺灣學生書局，1988），頁121～137。

〔註37〕章琼：〈漢字異體字論〉，《異體字研究》（北京：商務印書館，2004），頁26～27。

異體字因未考量時代因素以及正體字的認定還有使用方式的分別,則必然無法做到嚴謹且明白漢字的使用歷程,只能作為對漢字異體現象有一大致而粗略的認識。

正因如此,我們更需要明白漢字中異體字的創造和使用上的判定的標準並非絕對而精準,如蔣善國所言:

> 從廣義方面說,是指今字體對古字體說的,如小篆對金甲文、隸書
> 真書對小篆、行書草書對楷書,都是異體字,因為雖是一個同音同
> 義的字,它們的形體卻不一樣。小篆是金甲文的異體,隸書和真書
> 是小篆的異體。這是我們從漢字縱的發展說的〔註38〕。

其正是由時間前後的角度來論述廣義異體字判定中對於正體字認定的問題。隨著漢字的使用發展,異體字的產生和發展也漸趨多元,故出於對於異體字不同的產生角度觀察也產生許多別稱,以下就廣義異體字由於各種不同成因或觀察角度所產生的別稱一一介紹:

(一)俗 字

又有「別字」、「近字」、「俗體」、「俗書」、「偽體」、「別體」、「或體」等名稱。〔註39〕就廣義而言,因文字為約定俗成,故於漢字使用之伊始,俗字便隨之而有;但狹義而言,俗字概念之正式形成,在於有官方訂定標準字形,出現正體字概念時,民間為書寫便利或出於各種目的所造成不同於正體字之書寫方式,便為俗體字。就文獻紀錄看來,其起源至少在周宣王太史籀著大篆十五篇時,便有規範正字之概念〔註40〕。

王筠《說文釋例》卷五對於俗體字如此認定:「累溯而上之,一時有一時之俗,許君所謂俗,秦篆之俗也。而秦篆即籀文之俗,籀文又即古文之俗。」〔註41〕其點出了俗字中最為重要的概念,即俗字是對應正字而稱,並非固定不變,隨著時代的不同,俗字的認定界線也隨之變化。

孔仲溫《玉篇俗字研究》中對於俗字發展的現象有以下發現:

1. 趨簡是俗字演化的主流

〔註38〕蔣善國:《漢字學》(上海:上海教育出版社,1987),頁83。
〔註39〕參考張涌泉:《漢語俗字研究》(北京:商務印書館,2010),正文頁3。
〔註40〕參考孔仲溫:《玉篇俗字研究》(臺北:台灣學生書局,2000),自序頁1。
〔註41〕王筠:《說文釋例》(臺北:世界書局,1983),頁230。

2. 遞增是俗字音義的強化

3. 形音義近似是俗字變易的憑藉

4. 古文字是俗字形成的源頭

5. 漢隸是俗字發展的關鍵

6. 假借亦是俗字生成的緣由

7. 語言是俗字換聲的依據

8. 錯雜是俗字衍生的關係〔註42〕

說明除了正俗關係外，俗字亦是漢字演變過程中的異體，其由於不同的造字方式以及線條的改變，使得漢字形體更加豐富。

張涌泉在《漢語俗字研究》中對俗字的功能有精確的說解：

> 文字系統中，正字總是佔據著主要的、主導的地位，俗字則處於從屬的、次要的地位……俗字則是正字系統的補充和後備力量。正俗之間的關係並不是一成不變的，它們往往隨著時間的推移而不斷發生變化。〔註43〕

並在書中將俗字分作十三種產生類型〔註44〕，而其中屬於繁化便有兩大類，分別為增加意符和增繁，就其書中分類，增繁又有以下原因：

1. 繁化以區別形近的字

2. 把罕見的、生僻的偏旁改成常見的偏旁

3. 出於書寫習慣或字形的整體協調

4. 據俗體偏旁繁化〔註45〕

（二）累增字

王筠在《說文釋例》一書中，提出「累增字」之概念，其認為：「字有不須

〔註42〕孔仲溫：《玉篇俗字研究》（臺北：台灣學生書局，2000），頁167～172。

〔註43〕張涌泉：《漢語俗字研究》（北京：商務印書館，2010），頁4。

〔註44〕分別為：1增加意符、2省略意符、3改換意符、4改換聲符、5類化、6簡省、7增繁、8音近更代、9變換結構、10異形借用、11書寫變易、12全體創造、13合文。張涌泉：《漢語俗字研究》，頁44～117。

〔註45〕張涌泉：《漢語俗字研究》，頁84～92。

偏旁而義已足者，則其偏旁為後人遞加也，其加偏旁而義仍不異者，是謂累增字」並將其分出三類：

 1. 古義深曲，加偏旁以表之者

 2. 既加偏旁即置古文不用者

 3. 既加偏旁而世仍不用，所行者反是古文〔註46〕

其第一類說解對部件的繁加之可能原因作出重要的提示，其雖囿於當時材料及認識不足，只以小篆舉例並藉以說明，但該觀念實則皆是漢字使用及演變過程中一個相當重要的環節，因文字經長期使用且因各地造字時取象不同，本就容易發生重複增加意符藉以加強或凸顯字義之手段。而所分的第二、三項則屬於對其使用後造成的結果作敘述，也揭示了漢字形體是經由不停的改動以符合當時人的使用習慣以及對漢字形體的理解

（三）分化字

 唐蘭認為分化是文字演變的三種方式之一〔註47〕，林澐則認為是人們在原字字形的基礎上賦予各種區別性的標誌，從一個字派生出幾個不同的字，分別承擔原有音義的某一部分。〔註48〕

 而裘錫圭歸納了四種文字分化的方式〔註49〕：

 1. 異體字分工

 2. 造跟母字僅有筆畫上的細微差別的分化字

 3. 通過加注或改換偏旁造分化字

  （1）加注意符

  （2）改換意符

  （3）加注或改換音符

  （4）通過加注或改換偏旁為雙音節詞造分化字

 4. 造跟母字在字形上沒有聯繫的分化字

〔註46〕王筠：《說文釋例》（臺北：世界書局，1983），頁327。

〔註47〕三種方式：形的「分化」、義的「引申」、聲的「假借」。參考唐蘭：《古文字學導論》（濟南：齊魯書社，1981），頁89。

〔註48〕林澐：《古文字研究簡論》（長春：吉林大學出版社，1986），頁87。

〔註49〕裘錫圭：《文字學概要》（北京：商務印書館，1988），頁223、228～234。

而文字分化後有兩種情形：一是字形改變字義不變；一是字形字義皆有所更動，後者即是今人所稱之分化字。

王筠稱此類分化字為「分別文」，其認為：「字有不須偏旁而義已足者，則其偏旁為後人遞加也，其加偏旁而義遂異者，是為分別文」並就成因分做兩類：

1. 正義為借義所奪，因加偏旁以別之

2. 本字義多，既加偏旁，則祇分其一義

由上兩家說解可知，分化字所側重之處在於透過增繁改變文字形體，以某一字形為基礎，因使用需求的不同，別以增繁筆畫或部件的方式進而衍生出兩種或以上的字形字義。

（四）古今字

古今字是訓詁學使用的術語，亦稱「分別文」、「區別字」等，指一個字的古今兩種書寫形式，是文字孳乳演進的過程中，為減輕一字多義的負擔，於是在原有形體基礎上，增加義符或更換義符、聲符後所創造的區別字〔註50〕

洪成玉認為古今字有以下三種特點：

1. 古字和今字有著造字相承的關係，兩者是歷時的關係。

2. 在語音上都是相同或相近的。

3. 在意義上都有這樣那樣的聯繫。〔註51〕

由上述分類介紹，可發現俗字與累增字之概念時有重疊之處；而分化字、古今字亦是如此，此四類如單就其對形體改變的方式可視為兩兩一組加以比較，但其在討論和分析時仍需留意這四類因歷時和共時的觀察角度造成的些微不同。

二、狹義異體字

由於廣義異體字所包含之面向較廣，無法精確定義異體字的特性，故前輩學者試著將異體字就各個面向分別討論。而狹義的異體字，因近代學者對於異體字的研究分類更加深入後，自漢字的形體下手，以「音義相同，字形不同」來定義異體字，以下列出各家學者說法：

〔註50〕參考賈延柱：《常用古今字通假字字典》（瀋陽：遼寧人民出版社，1988），頁481。
〔註51〕洪成玉：《古今字》（北京：語文出版社，1995），頁4。

（一）蔣善國認為：「一字多形就是多形字，普遍叫做異體字，在形音義三者關係方面所表現的是異形同音同義」。〔註52〕

（二）王力認為：「兩個（或兩個以上的）字的意義完全相同，在任何情況下都可以互相代替」。〔註53〕

（三）裘錫圭認為：「彼此音義相同而外形不同的字。嚴格地說，只有用法完全相同的字，也就是一字的異體，才能稱為異體字。但是一般所說的異體字往往包括只有部分用法相同的字。嚴格意義的異體字可以稱為狹義異體字，部分用法相同的可以稱為部分異體字，兩者合在一起就是廣義的異體字。」〔註54〕

並列出狹義義體字的八類：

1. 加不加偏旁的不同

2. 表意、形聲等結構性質上的不同

3. 同為表意字而偏旁不同

4. 同為形聲字而偏旁不同

5. 偏旁相同但配置方式不同

6. 省略字形——部分跟省略的不同

7. 某些比較特殊的簡體跟繁體的不同

8. 寫法略有出入或因訛變而造成不同〔註55〕

而由上述定義和分類，可發現狹義異體字可以成因的不同細分為異構字和異寫字，以下簡介：

（一）異構字

異構字是在原字形中繁增或是減省部分筆畫或部件，或是改變書寫方式、以及結構互換等，但字本身的基本組成構件並未更換，且字義不變。

王寧對於異構字和異體字的差異有以下看法：

> 異構字也就是通常所說的異體字……在記錄漢語的職能是相同的，
> 也就是說，音與義絕對相同，他們在書寫記錄言語作品時，不論在

〔註52〕蔣善國：《漢字學》（上海：上海教育出版社，1987），頁81。
〔註53〕王力：《古代漢語》（修訂本）（北京：中華書局，1993），第一冊，頁171。
〔註54〕裘錫圭：《文字學概要》（北京：商務印書館，1988），頁205。
〔註55〕裘錫圭：《文字學概要》，頁206～208。

甚麼語境下，都可以互相置換。但異構字的構形屬性起碼有一項是不相同的。〔註56〕

李國英認為：

> 異構字是用不同的構形方式或選取不同構件構成的異體字。從字源來看，異構字是造字的產物。從理據保持的狀況來看，異構字都能直接解釋構形理據。其有三種類型：
>
> （1）採用不同的構形方式產生
>
> （2）用同一種構形方式而選用的偏旁不同
>
> > 甲、會意字
> >
> > 乙、形聲字
>
> （3）用同一種構形方式且選用相同的偏旁而偏旁的位置不同〔註57〕

由上可知，異構字之特點是在不改動字音與字義的前提下，使用不同的構件成字，而王寧所指的異體字與異構字之差異即是指異寫字，因異寫字改變字形的因素包含筆畫，然而異構字則是全指部件的差異。

（二）異寫字

異寫字有相當程度等同於現今意義的「錯別字」，根據李國英的定義：

> 由於書寫變異形成的異體字。從字源來看，異寫字是書寫變異的產物。從理據保持的狀況來看，異寫字……則往往會因為書寫變異而失去構形理據。其來源有三：
>
> （1）由於書寫變異而失去構形理據
>
> （2）由於偏旁簡省造成
>
> （3）由於隸定造成〔註58〕

可知異寫字是在文字流傳時，因上列三種因素而造成形體變異，而這些變異又透過書籍或各種載體保留下來，有時亦成為可通行之字。

〔註56〕王寧：《漢字構形學講座》（上海：上海教育出版社，2002），頁83。

〔註57〕參考李國英：〈異體字的定義與類型〉，《異體字研究》（北京：商務印書館，2004），頁13～15。

〔註58〕參考李國英：〈異體字的定義與類型〉，《異體字研究》（北京：商務印書館，2004），頁13～15。

　　筆者參考向光忠將「異體字」、「繁簡字」、「通用字」、「古今字」以「形成由來」、「稱名所指」、「含義相合」〔註59〕等面向比較特點，將「俗字」、「累增字」、「分化字」、「古今字」、「狹義異體字」等由三個面向觀察的特色製成表格，以利對照比較其異同。

表 3-3-1　「異體字」、「繁簡字」、「通用字」、「古今字」特色比較表

	形成由來	稱名所指	含義相合
俗字	與正相對	時序	全然相等
累增字	理失繁增	繁增	全然相等
分化字	一字多用	用法	部分相同
古今字	衍形別義	時序	部分相同
異體字（狹義）	造形變易	結構	全然相等

　　由上列比較可知，漢字透過簡化、繁化、規範化等演變方式不斷改變，至今仍未停止，即便因漢字在各個不同時期皆訂定標準字體，但這兩種造成漢字形體多樣的演變情形仍持續發生，這是由於漢字的特性所造成，漢字使用各種功能不同的符號組成。漢字的各個組成符號，無論是意符或聲符，皆有意近相通和音近相替的特點，而此特點造成漢字雖經由不同的意符或聲符搭配，但仍可創造出意義接近或相同之字。漢字經由此一靈活搭配運用的特性，透過不斷的改造將漢字增繁或減省以達到利於書寫及表達的目的，造成漢字構形多樣化且隨著意符和聲符的不同組合而有不同的字意，此是漢字的長處，同時也是造成漢字形體紛雜，容易造成混亂以及學習困難之短處。如因時代演變或對於漢字構字之字理認識不清，便容易受錯誤認識因而積非成是，最後造成漢字構形的混亂。

　　「俗字」、「累增字」、「分化字」、「古今字」、「異構字」、「異寫字」等皆是後人對於漢字構形複雜情形自不同角度出發所做的解讀，從這些名稱可發現前人已對漢字構形多樣的情形有所認識。這是由於漢字造字的特性以及隨著時空的嬗變和人為的改動等因素經由分化、訛變等途徑造成，透過對這些概念的定義、分類，能更加了解漢字形體多元的現象和緣由。由如此多的名詞現象便可觀察出造成漢字異體的原因及情形相當複雜，而在辨別和概念界定時，實有許

〔註59〕向光忠：〈漢字的異形之釐定〉，《異體字研究》（北京：商務印書館，2004），頁70。

多重疊之處，故筆者認為看待漢字異體時不可強加分類，可將其視作漢字構形字理的研究材料，但需仔細地由三方面，即字樣、構成、使用等進行辨別，如此才可正確的由所需角度切入理解其發展脈絡，進而梳理清晰。

　　而觀察漢字結構和組成的演變，以及改變漢字結構的增繁方式後，可就外緣探究本文所討論之戰國楚系簡帛文字部件增繁情形的歷史背景，以配合下列章節就內緣分析比較部件增繁的使用意涵。

第四章　戰國楚系簡帛文字部件增繁研究（一）

本文以《說文》小篆為初步篩選標準，再由工具書《楚系簡帛文字編》、《上海博物館藏戰國楚竹書（一～五）》中，挑選出楚系簡帛文字形體結構中有部件繁增情形的字。而筆者亦贊同張振林所主張對於「羨符」的篩選標準：

> 判斷古文字中的「羨符」，最主要的標準是根據初文的構字機理，以
> 及關注構字法發展而改變了的字理。後世的規範字有時可供參考，
> 但不能當作標準依據。〔註1〕

此說雖涵蓋部件與筆畫增繁，但仍可做為參考準則。且筆者為避免以後證先之情況，另以兩方式確認字形增繁之有無：

1. 透過與書寫載體早於楚系簡帛文字的甲骨文、金文共同比對觀察，確認該字最初造字之字理，藉以判定是否為增繁。

2. 將字例揀選出後，再和文獻或出土文物比對，藉以觀察其在楚系文字有無較常使用或較固定的書寫方式，進一步觀察是否為增繁。

因本文主旨為討論部件繁增，故篩選字例時，只討論已有固定書寫方式卻於原有基礎上另增部件之字，以求對於部件繁化的情形有更精確的觀察。

〔註1〕張振林：〈古文字中的羨符——與字音字義無關的筆畫〉，《中國文字研究》2001 第二輯（南寧：廣西教育出版社，2001），頁 126～138。

透過上述篩選方式，計選出 171 字，按照「自然類」、「人體類」、「生物類」、「民生類」、「器物類」、「宗教類」、「其他」等七類將繁增的偏旁部件分類，並參考《漢字義符研究》〔註2〕一書，將所增部件在漢字使用歷程中，作為義符時有哪些表達意涵使用列於表格之前，以供比對其繁增部件使用之意義，並將增加相同部件之字，置於同一表格，並以被增繁字之筆畫由少至多排序，以便觀察其使用情形。而一字有多種增繁情形必須同時討論，或部件的增繁有明顯音韻關係者，則置於「其他」。本文將一字的多種繁化部件列於同一表格中統一比較，雖不利關注該字與不同偏旁個別的增繁關係，但透過將其置於相同表格中，筆者認為此更能觀察出該字增繁不同部件之用意或規律。

　　本文字形採用《楚系簡帛文字編》之隸定字形，依此分類，如其字形隸定有可商之處，則於表格中說明解釋。下文透過表列出有增繁部件情形之字的楷書字體、楚系簡帛文字字例，以及該字各種不同書寫載體上之字例，如甲骨文、金文等，藉以觀察此字的發展軌跡；亦列出戰國各系別之簡牘文字以及不同載體之文字以作比較，觀察此種增繁方式是否為楚系文字之特色。選擇字例時，以甲骨文、金文、楚系簡帛文字字例、戰國各系字例、《說文》小篆各一為主，如同一載體有不同寫法，或各不同系別之字例、《說文》小篆及古文，則並列舉出。在表格中按由左到右、由上而下之順序排列，以及在表格後列出《說文》解釋，針對該字的構形、於文例中之表示意義，以及各種材料字例的對比，提出觀察心得和說明，討論繁增偏旁的用意或規律。

第一節　自然類

　　此類別將取象於自然界相關之事物所造之字置於一類，分別有「土」、「日」、「水」、「石」、「金」等五項。

一、土

　　土象土塊在地面之形。在義符中，有表示「土地」、「區域或特殊的地方」、「泥土、土壤」、「灰塵」、「土塊」、「地界」、「墳塚、土堆」、「土製建築、器具」、「塗抹泥巴等物的動作」、「增益、阻塞」等意涵。

〔註 2〕陳楓：《漢字義符研究》（北京：中國社會科學出版社，2006）。

表 4-1-1　增繁土旁字例表

楷書	字	例	說　明
丘	乙 4320 合 8381	集成 4559 商丘叔簠 （春秋早期）	《說文》：「丘，土之高也，非人所為也。从北，从一。」甲骨文象兩山丘之形，金文變作北形，戰國文字亦承繼此寫法，或有於下方增短橫之寫法，如「 」〈包二‧188〉於楚簡帛文例中作山丘之義，故增「土」應是為加強字義而增。
	集成 12110 鄂君啟車節 （戰國中期）	集成 12107 辟大夫虎符（齊） （戰國）	
	包二‧237	睡‧封 32	
	說文	說文古文	
夷	合 17027	集成 2805 南宮柳鼎 （西周晚期）	《說文》：「夷，平也。从大，从弓。東方之人也。」金文、戰國文字皆有增「土」旁寫法，戰國文字文例多做姓氏用，增「土」應是為表特定區域。
	集成 2498 鄭子[筥]塦鼎 （春秋晚期或戰國早期）	包二‧28	
	睡‧日甲 67（秦）	侯‧156：一　兩百三十二例（晉）	

鶇	天策	說文	《說文》:「鶇,鶇胡,污澤也。从鳥,夷聲。鶇,鶇或从弟。」楚系文字中夷字皆寫作:「」〈包二·28〉,故此字寫法可認為應是受該寫法影響所增。
	說文或體		
缶	甲224 合20606	集成2653 小臣缶方鼎(商代晚期)	《說文》:「缶,瓦器,所以盛酒漿;秦人鼓之以節謌。象形。」缶指容器,而金文可見「」《集成10008欒書缶》,包山簡可見從土、石〔註3〕之形,如「」〈包二·255〉。可知其所增不同偏旁為表示材質的不同。此增「土」表示為土製。
	包二·255	說文	
朋	甲777 合29694 無名組	集成2458 中作且癸鼎(西周早期)	《說文》:「塴,喪葬下土也。从土,朋聲。《春秋傳》曰:『朝而塴。』《禮》謂之封,《周官》謂之窆。《虞書》曰:『塴淫于家。』」朋字甲文作量詞使用;金文除作量詞外亦有作名詞使用,即「朋友」,但皆增人旁;楚簡中有作「朋友」、「崩」使用。根據《說文》,朋从土應為「崩」之用法。且就楚簡中未見「朋」字寫法,可知增土旁之朋作「朋友」義使用,為假借用法。
	集成428 冉鉦鋮(戰國早期)	郭·語四·14	
	睡·日甲65背	說文	
佣	包二·173	文編3720	《說文》:「佣,輔也。从人,朋聲。」;容庚《金文編》:「佣,金文以為佣友之佣。經典通作朋貝之朋,而專字廢。」《楚系簡

〔註3〕可與表4-1-4(頁69)參照。

			帛文字編》中有「𥄂」〈郭・六・28〉，隸做「弸」，疑同此「佣」，即何琳儀說古文字偏旁人和弓因形近而容易產生混淆。〔註4〕增繁情況同「朋」字。
郍	𨺅 包二・190		文例作地名使用。增繁情況同「朋」字。
綳	經 包二・244		根據何琳儀說為「繃」省〔註5〕，《說文》：「繃，束也。从糸，崩聲。」與文例義合。增繁情況同「朋」字。
𨖷	䋤 上（五）・鮑・2		陳佩芬釋通「堋」〔註6〕，增繁情況同「朋」字。
禹	𡴎 集成 2111 且辛禹方鼎 （商代晚期）	𡴇 集成 0948 遇甗 （西周中期）	《說文》：「禹，蟲也。从厹，象形。」禹字从虫從九，象蟲形。西周金文增「辵」、春秋金文增「土」等寫法，楚系簡帛文字中，禹字多从「土」，然無明顯意義。筆者就禹字文例觀察，其皆作專名「大禹」使用，增土或許為姓名專稱而增。
	光 集成 4242 叔向父禹簋 （西周晚期）	𡴇 集成 0276 叔尸鐘（齊） （春秋晚期）	
	坴 郭・尊・5	禹 睡・日乙 104	
	禹 說文	𡴀 說文古文	

〔註4〕何琳儀：《戰國文字通論》（南京：江蘇教育出版社，2003），頁 233。
〔註5〕何琳儀：《戰國文字通論》，頁 158。
〔註6〕馬承源主編：《上海博物館藏戰國楚竹書（五）》（上海：上海古籍出版社，2005），頁 183。

萬	前3‧30‧5 合9812	集成6507 北子觶 （西周早期）	《說文》：「萬，蟲也。从 厹，象形。」萬字甲骨文 象蠍類之形，西周金文有 增「止」、「辵」、「彳」之 寫法，春秋至戰國文字出 現增「土」寫法。其與禹 字構形相似，皆象蟲形， 繁增偏旁方式或受「禹」 字影響。
	集成2655 先獸鼎 （西周早期）	集成3723 仲簋 （西周中期）	
	集成2776 剌鼎 （西周中期）	集成3777 散伯簋 （西周晚期）	
	集成149 郳公牼鐘（齊） （春秋晚期）	郭‧太‧7	
	睡‧效27	璽彙‧4484（晉）	
	說文		
窀	包二‧157	說文	《說文》：「窀，葬之厚夕。 从穴，屯聲。」楚簡帛字 例為「宀」替換「穴」， 而增「土」旁。由楚簡帛 文例看來，其指守墓人， 楚稱「坉人」、「坉州人」。 〔註7〕此加「土」旁可能 因指墓室，為死者安息之 所。

〔註7〕劉信芳：《楚系簡帛釋例》（合肥：安徽大學出版社，2011），頁43。

陳	 集成 2831 九年衛鼎 （西周） 新甲三·27 說文	 集成 4096 陳逆簋（齊） （戰國早期） 睡·日甲 138 背 說文古文	《說文》：「陳，宛丘，舜後嬀滿之所封。从阜，从木，申聲。陣，古文陳。」金文有於字下方增「土」旁之寫法；戰國文字亦同金文，或於字中央下方增「土」旁，多見於齊系文字；楚系文字則多將「土」旁書於東字下方，作「重」。於古文字材料中多做國名或姓氏。增「土」或是為表特定區域。
豢	 新甲三·363	 說文	《說文》：「从豕，关聲。」指圈養動物，楚簡帛文例中作祭品。解「关」即「弄」，《說文》解為古文辨字，另《戰國古文字典》收「卷」字，《陶彙五·108，陝西出土》，解為墦之省文，引《集韻》：「墦，塚土圍牆也。」〔註8〕，或許為加強「豢」表動物為被圈養而增「土」旁。
雷	 乙 529 合 14129 集成 2809 師旂鼎 （西周早中期） 包二·85	 前 3·19·3 合 24868 集成 6011 盠駒尊 （西周中期） 上（二）·容·13	《說文》：「靁，陰陽薄動，靁雨生物者也。从雨，畾象回轉形。㗊，古文靁。畾，古文靁。䨔，籀文，靁間有回，回，靁聲也。」甲骨文从申、畾聲；金文出現从雨寫法，分化出雷、電二字，如「䨓」《集成 4326 番生簋蓋》；楚系簡帛文字中雷字增「土」旁有兩例，一作人名使用，故無法判定增繁之意；另一例作地望〔註9〕解，故增「土」可解。

<hr>

〔註 8〕何琳儀：《戰國古文字典——戰國文字聲系》（北京：中華書局，1998），頁 1004。
〔註 9〕馬承源：《上海博物館藏戰國楚竹書（二）》（上海：上海古籍出版社，2002），頁 260。

	睡・日甲42背	說文	
	說文古文	說文古文	
	說文籀文		
障	上（四）・曹・43	說文	《說文》：「障，隔也。從阜，章聲。」就楚簡帛文例解釋「阪」為山之坡、「障」為水之岸〔註10〕。故增「土」可理解為增強字義。
難	集成10151 齊大宰歸父盤 （春秋）	郭・老甲・14	《說文》：「鸛，鳥也。從鳥，堇聲。難，鸛或從隹。」楚系文字中堇作「　」，其是由金文堇從火，如「　」《集成2155堇伯鼎》訛變為從土，如「　」《集成9729洹子孟姜壺》，楚簡中除有「　」〈包二・236〉外，亦有將土旁書於隹下方之例，如「　」〈郭・老甲・15〉。故可理解為應是書手將兩種寫法綜合使用，此於楚系簡帛中相當常見；如〈郭・老甲・14〉之字例則又再增繁一「土」旁，形成兩個土旁。
	睡・封94	說文	
	說文或體	說文古文	
	說文古文		

　　由所篩選出之十七例看來，有九例增「土」旁用以表達「領域」、「某特定範圍」。另「朋」及從「朋」得聲之字、「夷」及從「夷」得聲之字等七例下皆

〔註10〕馬承源：《上海博物館藏戰國楚竹書（四）》（上海：上海古籍出版社，2004），頁271。

從土，則看不出「土」旁有任何表意功能。一例是雜揉寫法所造成。增繁位置多書於被增繁字之下方，左方僅有一例。

二、日

日。象太陽之形。作為義符使用時有「太陽」、「日光」、「時間」等義。使用時，並非全然做為構字要件，而是輔助字義形成的條件。

表 4-1-2　增繁日旁字例表

楷書	字　　　例		說　　明
友	甲 3063 合 18144	集成 5416 召卣（西周早期）	《說文》：「友，同志為友。從二又，相交友也。羿，古文友。誩。亦古文友。」甲骨文從兩又，象雙手相攜；金文出現增添從「口」、從「日」之寫法，楚系文字中又多增從「自」寫法，但僅見一例；說文古文亦收此字。 另有一說認為友字為兩人以手相輔助。金文有字形加一深坑，或表達挖坑非一人力所勝任，或陷於深坑中要相輔助才能脫困。〔註11〕但筆者認為所增「口」、「日」、「自」三種部件皆於文義無明顯關聯，且三種不同的部件增繁應是增筆訛變所致。
	集成 3727 友父簋 （西周中期）	集成 717 邾友父鬲（齊） （春秋早期）	
	郭・緇・42	郭・語三・6	
	睡・日甲 65 背（秦）	侯馬八五：九（晉）	
	說文	說文古文	
	說文古文		
机	信二・08	說文	《說文》：「机，木也。從木，几聲。」机為几字增意符「木」，為几字異體。几象憑靠物之形。楚系文字於上方增筆一畫，如「几」。

〔註11〕許進雄：《簡明中國文字學》（北京：中華書局，2009），頁 262。

			而此增日則是受「旮」字寫法影響。根據裘錫圭解釋，几字增日旁皆可理解為「期」，如望山「旮中」和包山簡「受旮」，亦有作人名使用，而應理解為從「日」、「几」聲，為訓「期」的「幾」而造的專字。〔註 12〕而此机增「日」旁依文例看來指「立板足几」〔註 13〕故可理解其指「机」，而「几」、「旮」同聲而有增「日」旁寫法。
僉	合 6947 一期	吳匯 155 菱形暗紋銘紋劍 （春秋晚期）	《說文》：「僉，皆也。從亼，從吅，從从。」僉字象兩人言合於一口，亼為口字，弓象人言，有皆之意。金文多借作劍字，且有於兩弓字下方添「口」字寫法，以及將兩弓字下方連筆，如「劍」《集成 425》，增「口」或許是為增強字義，而連筆造成「口」字中又多添一橫筆，產生增「日」寫法。但楚系文字於僉所添「日」於字義不明。
	集成 11622 戉王州句劍 （戰國早期）	遺珍 僉父瓶 （春秋）	
	望二·48	說文	
險	上（二）·從（甲）· 19	睡·日甲 76 背	《說文》：「險，阻難也。從阜，僉聲。」增繁方式見「僉」字。
	說文		

〔註12〕裘錫圭：〈釋戰國楚簡中的「旮」字〉，《古文字研究》第二十六輯（北京：中華書局，2006），頁 250～256。

〔註13〕李家浩：〈包山二六六號簡所記木器研究〉，《著名中年語言學家自選集·李家浩卷》（合肥：安徽教育出版社，2002），頁 240。

斂	![字形] 集成 9735 中山王嚳方壺（燕） （戰國晚期）	![字形] 包二・149	《說文》：「斂，收也。从攴，僉聲。」增繁方式見「僉」字。
	![字形] 睡・78（秦）	![字形] 璽彙 3862（燕）	
	![字形] 說文		

此類別中，「友」、「僉」、「斂」、「險」四字，嚴格說來並非增繁「日」旁，乃是後人隸定時因其與日形相似故爾。但透過分析其字理以及和各種不同載體的寫法比較，筆者認為此四字中，「斂」、「險」兩字是因其从僉聲，故有此增繁情形。實際上可單就「友」、「僉」二字討論。其所增繁之部件，有隸作「日」或「口」，就其構形字理看來，應是作為某種指事符號，疑與「皆」字有關，「皆」作「![字形]」，「友」與「僉」兩字下部分與其相同，且兩字與「皆」都有共同作某件事之意，由「友」从二手、「僉」為兩強調口之人形所組成可證，故此符號或可認為是強調其字為兩者同時，最初應作「![符號]」，後因受戰國文字常於「口」字形中增一橫畫影響，故成為「![符號]」，後又訛與「自」同才造成不同的隸定結果。

三、水

水字象水流之形，表水流之義。作義符使用時，有「水流動之狀」、「水流經或覆蓋之處」、「用水進行的活動」、「液體」等意涵。

表 4-1-3　增繁水旁字例表

楷書	字　　例		說　　明
井	![字形] 甲 308 合 6346	![字形] 集成 2709 邐方鼎 （商代晚期）	《說文》：「井，八家一井。象構韓形。˙˙，罋之象也。」井字象坑穴之狀，可指水井、陷阱、型範。皆為「人為坑穴」之意象

		〔註 14〕。甲骨文中多用為人名、地名；金文中一點應為字形中空故增；楚簡帛增「水」旁應為標名為水井之意。《說文》收從阜、水、宀之井字皆是為了說明各種不同用途之坑穴所增。
集成 2192 強作井姬鼎 （西周中期）	九・五六・27	
睡・日乙 16	說文	
說文或體	說文古文	
泉 / 鐵 203・1 合 8379	前 4・17・1 合 21282	《說文》：「泉，水原也。象水流出成川形。」泉字象水从洞口流出之形，甲文、金文皆無差異，而金文有增水旁泉字，作「源」使用。泉、源兩字同源，且楚系簡帛中亦有相同用法，故可推測為書手混淆或是為增強字義而增。
集成 10176 散氏盤 （西周晚期）	上（三）・周・45	
睡・日甲 37 背	說文	

　　此類兩例皆是作為輔助加強字義、表其性質之用，井與泉字皆與水有明顯關係，增繁位置通常書於被增繁字之左側或下方。

四、石

　　石象山崖下石之形。作義符時，有「各類岩石」、「岩石狀貌」、「岩石聲音」、「石製品」、「以石器為工具的動作」等意涵。

〔註 14〕參考侯占虎：〈說「刑」兼說「井」〉《中國文字研究（第一輯）》（南寧：廣西教育出版社，1999），頁 333。

表 4-1-4　增繁石旁字例表

楷書	字　　例		說　　明
缶	甲 224 合 20606	集成 2653 小臣舌方鼎 （商代晚期）	《說文》：「缶，瓦器，所以盛酒漿；秦人鼓之以節謌。象形。」楚簡帛文例皆作容器解。故可知增「石」為表其為石製品。亦有增「金」表其材質之例，如「鐳」《集成 10008 欒書缶》。
	包二‧255	說文	

此例增繁為常見表性質之用，增繁部件書於被增繁字之左方。

五、金

金象從火煉金之形。作義符時，有「金屬」、「金屬製品」、「金屬的狀態」、「金屬製品的狀態」、「憑藉金屬製品的動作」等意涵。

表 4-1-5　增繁金旁字例表

楷書	字　　例		說　　明
矢	甲 3117 合 4787	河 336 合 23053	《說文》：「矢，弓弩矢也。從入，象鏑栝羽之形。」矢字象箭形，金文中或加短橫、點；楚系文字或將矢字倒書作「𣏚」〈包二‧260〉；此處增「金」，楚簡帛文例指箭矢，出土紀錄中有矢箙一件，內裝 20 支完整箭鏃[註 15]，材質為銅。故增「金」為表示其材質。
	集成 5291 矢伯隻作父癸卣 （西周早期）	銘文選 848 叔尸鐘（齊） （春秋晚期）	
	包二‧277	睡‧封 25	
	說文		

[註 15] 湖北省荊沙鐵路考古隊：《包山楚墓》（北京：文物出版社，1991），頁 212。

此例增繁為常見表性質之用，增繁部件書於被增繁字之左方。

第二節　人體類

此類別將與人體有關或以其為取象所造之字置於一類，共有「人」、「又」、「口」、「女」、「子」、「心」、「攵」、「止」、「毛」、「宀」、「臣」、「言」、「百」、「頁」等共十四類。

一、人

人字象人側立之形。作義符時，有「不同年齡、身分的人」、「人的姓、名、字」、「人的性格特徵」、「人的形貌特徵」、「人際關係」、「軍隊、行政單位」、「人的行為動作」、「行為動作的狀態」等意涵。

表 4-2-1　增繁人旁字例表

楷書	字	例	說　明
兄	甲 801 合 27461	集成 5338 剌作兄日辛卣 （商代晚期）	《說文》：「兄，長也。从儿，从口。」本義為何仍不明，或疑與「祝」字有關，亦作「𥝡」。楚簡帛文例作「兄長」解，增「人」旁應為增強字義之用。
	集成 4695 鄳陵君王子申豆（楚） （戰國晚期）	上（四）・內・4	
	睡・封 93	說文	
弟	乙 484 合 21722	集成 4330 沈子它簋蓋 （西周早期）	《說文》：「弟，韋束之次弟也。从古字之象。丰，古文弟，从古文韋省，丿聲。」甲文、金文、戰國文字皆作繩纏繞物品之形，以纏繞次第順序用以表兄弟之弟。增「人」旁有加強字義、作為

	包二·227	睡·雜6	專用字使用，如九店簡文作「無俤」，與秦簡《日書》「毋弟」相同〔註16〕。其意與從「心」旁表示心理狀態之「悌」相通，增「人」應是為加強字義。
	說文	說文古文	
長	後1.19.6 合27641	集成1968 寡長方鼎（西周早期）	《說文》:「長，久遠也。從兀，從匕。兀者，高遠意也。久則變化。亾聲。●者倒亾也。元，古文長；仧，亦古文長。」郭店簡文例〈緇衣〉作「率領」、「統治」義，解為「人之長」之專字〔註17〕、〈五行〉作長久義，九店簡作長幼之長，增「人」為強化字義。
	集成9455 長由盉 （西周中期）	集成161 鳳羌鐘 （戰國早期）	
	郭·緇·11	睡·雜34	
	說文	說文古文	
	說文古文		

此類所舉三字例，皆是表示其所指的主體為人，增繁位置通常書於被增繁字之左側。

二、又

又字象手形。作義符時，有「幫助」、「動作」等意涵。

〔註16〕湖北省文物考古研究所、北京大學中文系編:《九店楚簡》(北京:中華書局，1999)，註70，頁79。

〔註17〕劉釗:《郭店楚簡校釋》(福州:福建人民出版社，2005)，頁56。

表 4-2-2　增繁又旁字例表

楷書	字	例	說　明
相	前 2.17.4 合 36844	集成 4136 相侯簋 （西周早期）	《說文》：「相，省視也。從目，從木。」甲骨文、金文、戰國文字寫法大致相同，也有於下方增一或兩短橫畫之寫法，如「」〈郭・六・49〉。而楚簡帛文例中除望山簡例疑為菁草名〔註 18〕、九店簡應隸作桸〔註 19〕外，包山作冢相之相〔註 20〕，郭店作諸侯之相，上博簡例則作官名及名詞「相邦」。皆有輔助之意，故增「又」。
	集成 9733 庚壺 （春秋晚期）	望一・7	
	睡・秦 21	說文	
害	集成 4116 師害簋 （西周晚期）	集成 4298 大簋蓋 （西周晚期）	《說文》：「害，傷也。從宀，從口。宀、口，言從家起也。丰聲。」害字何琳儀認為甲骨文象矛頭之形，如菁「」（佚 995 合 37439）中的「」，為祋之初文，西周金文增「口」，分化為傷害之害。並為羣之異文，楚系簡帛文字寫法為於矛尖增飾筆。〔註 21〕字例增「又」旁或為表示動作，即持矛傷人。
	郭・老甲・28	睡・秦 161	
	說文		

〔註18〕 湖北省文物考古研究所、北京大學中文系編：《望山楚簡》（北京：中華書局，1995），註 15，頁 89。

〔註19〕 湖北省文物考古研究所、北京大學中文系編：《九店楚簡》（北京：中華書局，1999），註 179，頁 110～111。

〔註20〕 袁國華：〈「包山楚簡」文字考釋〉《第二屆國際中國古文字學研討會論文集》（香港：香港中文大學中國語言及文學系，1993），頁 439～440。

〔註21〕 何琳儀：《戰國古文字典——戰國文字聲系》（北京：中華書局，1998），頁 898。

組	 集成 9655 虢季氏子組壺 （西周晚期） 仰二五・241 說文	 新甲三・361、344-2 睡・雜18	《說文》：「組，綬屬。其小者，以為冕纓。从糸，且聲。」且字甲骨文作「」（甲2351）象肉案上有橫格之形，為俎初文。西周金文至戰國文字已開始於且字下加一橫、「口」、「又」〔註22〕，如「」《集成 4197 郘召簋》、「」《集成 4316 師虎簋》。楚金文中亦可見「」（楚公逆鐘），楚系簡帛文字可見許多从且得聲之字，皆有增添「口」、「又」之情況，如「」〈曾二〉。
盧	 甲807 合27995 包二・69	 集成 2837 大盂鼎 （西周早期） 說文	《說文》：「劇，又卑也。从又，盧聲。」增繁方式見「組」字。
蘆	 後 1.18.9 合 36965	 包二・154	《說文》未見，見於《爾雅・釋草》，言其即「菡」〔註23〕。增繁方式見「組」字。
襸	 天卜		从示，盧聲。《說文》未見，楚簡帛文例作「詛」解。增繁方式同「組」字。
癚	 包二・51		从疒，劇聲。《說文》未見，見《集韻》：「癚，疥也。」楚簡帛文例除人名外皆指病情。增繁方式見「組」字。

〔註22〕何琳儀：《戰國古文字典──戰國文字聲系》（北京：中華書局，1998），頁570。
〔註23〕莊雅洲、黃師靜吟註譯：《爾雅今註今譯》（臺北：臺灣商務印書館，2012），頁504。

| 鄜 |
包二·28 |
說文 | 《說文》:「鄜,沛國縣。从邑,盧聲。」增繁方式見「組」字。 |

此類八例中,增繁「又」之字,除「且」字增繁意義不彰外,其餘無論是以手持物、或是輔助,皆是表示動作。另「且」及从「且」得聲之字皆增「又」。增繁位置通常書於文字下方。

三、口

口字象人口之形。作義符時,有「鳥獸的嘴」、「口腔的組成部分」、「吃、喝的動作」、「喘息、嘆息」、「哭笑」、「言語」、「象聲詞、聲音」、「話語」、「喜悅、驚懼」、「否定」、「與口有關的聯想義」等意涵。

表4-2-3　增繁口旁字例表

楷書	字	例	說　明
凡	 甲 134	 集成 4261 天亡簋 (西周早期)	《說文》:「凡,最括也。从二。二,偶也。从ㄋ。ㄋ,古文及。」何琳儀云:「象盤之形,盤之初文。或說像船帆之形,帆之初文」〔註24〕。而此增「口」意義不彰。
	 上(二)·從(甲)·9	 睡·秦137	
	 說文		
己	 甲 2262 合 22484	 集成 2125 束冊作父己鼎 (商代晚期或西周早期)	《說文》:「己,中宮也,象萬物辟藏詘形也。己承戊,象人腹,ㄢ,古文己。」己字構形不明,楚系文字作「干支名」或作「自己」解釋,而增「口」寫法只用於「自己」解,或為區別符號。

〔註24〕何琳儀:《戰國古文字典——戰國文字聲系》(北京:中華書局,1998),頁 1422。

		說明
	郭·成·10	睡·日乙67	
	說文	說文古文	
紀	集成3977 己侯貉子簋蓋 （西周中期）	帛乙四·13	《說文》:「紀，絲別也。从糸，己聲。」增「口」可能是受「己」字影響。
	睡·為49	說文	
今	甲1134 合649	集成2837 大盂鼎 （西周早期）	《說文》:「今，是時也。从亼，从乁。乁，古文及。」今字指口中含物，楚簡帛文例皆作「時間」解。增「口」或為補強金文時已不對稱的「亼」旁。
	集成2840 中山王䂞鼎 （戰國晚期）	上（二）·子·8	
	睡·語3	說文	
胗	望一·125	說文或體	《說文》:「圅，舌也。象形，舌體弓弓。从弓，弓亦聲。胗，俗圅从肉、今。」該字李守奎解釋為从月、从吟，吟為楚文字今之異寫〔註25〕。

〔註25〕李守奎:《楚文字編》（上海:華東師範大學，2003），頁435。

丙	前1·36·6 合23395	集成8015 冉丙爵 （商代晚期或西周早期）	《說文》：「丙，位南方，萬物成炳然。陰气初起，陽气將虧，從一入门。一者，陽也。丙承乙，象人肩。」楚簡帛文例中除作人名外其餘皆為干支名，且楚系簡帛文字中丙字皆增口旁，晉系文字亦有增口寫法，但亦作人名或干支名使用，繁增意義不明。
	包二·50	璽彙1710（晉）	
	睡·封34	說文	
恦	包二·146	說文	《說文》：「恦，憂也。從心，丙聲。《詩》曰：『憂心恦恦。』」繁增情形同「丙」字。
輌	帛書殘片		饒宗頤、李學勤等皆釋通「軿」〔註26〕，繁增情形同「丙」字。
巫	甲216 合21074	集成3893 齊巫姜簋 （西周晚期）	《說文》：「巫，祝也。女能事無形，以舞降神者也。象人兩褎舞形，與工同意。古者巫咸初作巫。𩸙，古文巫。」巫字所象目前仍無定論，但可確知與卜筮概念相關。巫字或從「口」，宋華強解釋應釋為或讀作「靈」，舉後代字書有「晉」釋作靈字，或是作「晉」，認為葛陵簡中的「晉筮」，「晉」字即是修飾筮具之用〔註27〕，並認為筮增「口」是受其影響。
	天卜	睡·日甲120	
	侯·一五六：一九	說文	
	說文古文		

〔註26〕徐在國：《楚帛書詁林》（合肥：安徽大學出版社，2010），頁833。
〔註27〕宋華強：《新蔡葛陵楚簡初探》（武漢：武漢大學出版社，2010），頁285、209。

死	鐵 199・3 合 14764	前 7・11・2 合 14760	《說文》：「恆，常也。從心，從舟，在二之閒上下，心以舟施恆也。死，古文恆從月。」楚簡帛文例中作「恆」。筆者觀察楚簡帛中，死字作恆使用時，寫法多從心，從口較少見。根據劉釗言，古文字中心、口作義符時可通用〔註28〕。又「口」或強化心口如一之意。
	集成 2380 亙鼎 （西周中期或晚期）	晉 天卜	
	說文	說文古文	
柤	曾 214	說文	《說文》：「柤，木閑。從木，且聲。」就楚簡帛文例應可理解為地名，同「鄌」，增口無明顯意義。
宰	乙 8688 合 35501	曾 154	《說文》：「宰，辠人在屋下執事者。從宀，從辛。辛，辠也。」於楚簡帛文例中作官職「宰尹」或作「大宰」，皆為治膳官，故增口旁或與其有關。
	說文		
耕	前 6・55・7	郭・成・13	《說文》：「耕，犁也。從耒，井聲。一曰古者井田。」耕字甲骨文象人負引犁而耕之形〔註29〕。孫偉龍認為所從「口」旁，是為楚文字中作為區別「耕」、「男」二字的符號〔註30〕。
	說文		

〔註28〕劉釗：《古文字構形學》（福州：福建人民出版社，2006），頁 336。

〔註29〕溫少峰、袁庭棟：《殷墟卜辭研究——科學技術篇》（成都：新華書店，1983），頁 193。

〔註30〕孫偉龍：〈楚文字「男」、「耕」、「靜」、「爭」諸字考辨〉，《中國文字研究》總第十一輯（鄭州：大象出版社，2008），頁 129～136。

訏	郭·尊·15 / 說文	睡·語 12	《說文》:「訏,詭譌也。从言,于聲。一曰訏䜩。齊楚謂信曰訏。」此字增「口」或與其在楚簡帛文例中作「詭訛之言」意有關。
梪	帛乙二·10	說文	《說文》:「梪,木豆謂之梪。从木、豆。」饒宗頤將此字釋為「棓」,彗星名;李學勤將其釋作梪的繁寫,並搭配後出楚官璽為例,認為其讀為「柱」,亦為彗星名。增口旁無明顯意義。〔註31〕
組	集成 4313 師衰簋（西周晚期） / 睡·雜 18	曾 2 / 說文	《說文》:「組,綬屬。其小者,以為冕纓。从糸,且聲。」增口意義不明。除有增「口」寫法外,亦有增「又」寫法。
脰	集成 2359 吳王孫無土鼎（春秋晚期） / 說文	包二·278 反	《說文》:「脰,項也。从肉,豆聲。」在楚簡帛文例中作官職名「脰尹」,讀為廚字,為主膳食之官,增「口」或表其性質。
等	郭·緇·4	睡·秦 55	《說文》:「等,齊簡也。从竹,从寺。寺,官曹之等平也。」何琳儀釋等字會法庭簡冊之意。〔註32〕楚簡帛文例中作助詞或等第解,增「口」意義不彰。

〔註31〕徐在國:《楚帛書詁林》（合肥:安徽大學出版社,2010）,頁 357～364。
〔註32〕何琳儀:《戰國古文字典——戰國文字聲系》（北京:中華書局,1998）,頁 46。

	 說文		
筮	 集成 9714 史懋壺 （西周中期）	 郭·緇·46	《說文》:「簭，《易》卦用蓍也。从竹，从𢍰。𢍰，古文巫字。」筮字在楚簡帛文例中多作卜筮解，而其从口，禤健聰認為是由於「巫」字與省體「帝」字形近，因表音作用，故變巫為啻。〔註 33〕 徐富昌引黃麗娟說法認為从口的筮是將下方的「廾」省略中間豎筆而來。〔註 34〕 筆者認為「巫」、「筮」二字增「口」或「廾」或可理解為不同意符的繁增，因祭祀占卜時手持筮具、口誦禱詞，或可理解為不同取象所致。
	 侯馬三〇三：一	 睡·日甲 107	
	 說文		
𦅻	 曾 45		依照文例，其為緣飾、繫綬一類物品〔註 35〕，增「口」無明顯意義。
騰	 曾 146		應讀為「騰」，指閹割過的馬〔註 36〕，增「口」無明顯意義。
靜	 集成 4341 班簋 （西周早期）	 集成 5408 靜卣 （西周早期）	《說文》:「靜，審也。从青，爭聲。」楚簡帛文例中借為爭字，靜字增「口」旁於金文例中已可見，筆者認為或受「青」字常增口旁影響，如何琳儀所言：「六國文字下加口旁為飾」。且楚系文字中之「青」字義多增口旁，如「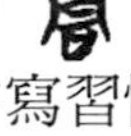」〈包二·193〉，故應是書寫習慣影響所致。
	 郭·老甲·5	 睡·為 6	

〔註 33〕禤健聰:〈楚簡文字補釋五則〉,《古文字研究》第二十六輯(北京:中華書局,2006),頁 364～365。

〔註 34〕徐富昌:《上博楚竹書〈周易〉異體字簡考》,《古文字研究》第二十七輯（北京：中華書局，2008），頁 457～458。

〔註 35〕劉信芳:《楚系簡帛釋例》(合肥：安徽大學出版社，2011)，頁 150。

〔註 36〕劉信芳:《楚系簡帛釋例》，頁 170。

	靜 說文		
箮	甲183 合33072	郭・魯・7	《說文》：「雀，依人小鳥也。从小、隹。讀與爵同。」楚系簡帛中箮字常借為爵用，而此增「口」或為表其為酒器，為飲酒之用。

此類二十三例中，七例為增強字義，表示其與言語、飲食有關；二例作區別符號；八例用意不明；「己」及從「己」得聲之字、「今」及從「今」得聲之字、「丙」及從「丙」得聲之字各有增繁情形四例；一例為意近互換，一例為書寫習慣影響。增繁位置通常書於被增繁字之左側、右側、下方。

四、心

　　心字象心臟之形。作義符時，有「心理活動的結果」、「思維活動」、「愛憎」、「恐懼」、「謹慎、恭敬」、「平和」、「性急」、「聰慧」、「愚笨」、「悲喜情緒」、「慚愧」、「迷惑」、「煩悶」、憂愁」、「其他的心理活動」等意涵。

表4-2-4　增繁心旁字例表

楷書	字　　　例		說　　　明
反	前2・4・1 合36537	集成2694 宜子鼎 （商代晚期）	《說文》：「反，覆也。从又、厂。反形。反，古文。」楚簡帛文例句意為：窮困或通達都是因為時機，但窮困或通達都不會長久，所以對君子來說最重要的是要求諸自身。求諸自身是為自省，故加「心」旁。
	郭・窮・15	睡・為22	
	說文	說文古文	

邵	集成 12113 噩君啟舟節 （戰國中期）	望一・88	《說文》：「邵，高也。从阝，召聲。」楚簡中作人名「卓滑」，並有以下寫法：「𢙇𩫽」〈包二・226、230〉、「𢙇𢝵」〈包二・249〉、「𢙇䛇」〈包二・267〉、「郚𢝵」〈包牘〉，為同音假借，另作王名。楚悼王後代楚簡多作「𢙇」，與楚昭王的後代昭氏所作之「邵」絕不通用。可理解此字為从「卓」得聲〔註37〕，加「心」旁無義，僅為區別符號。
	包二・267	說文	
含	集成 2837 大盂鼎 （西周早期）	集成 2840 中山王𧕩鼎 （戰國晚期）	《說文》：「含，嗛也。从口，今聲。」《楚系簡帛文字編》雖將其列於念之異體，然楚簡帛文例中作「含」、「貪」解，故筆者認為此應為含字為表心理狀態，而繁增「心」旁。
	郭・成・2	說文	
其	甲 662 合 33811	集成 5292 亞其吳作母辛卣 （商代晚期）	《說文》：「惎，毒也。从心，其聲。」楚簡帛文例作代詞使用，句意為：先王教導民眾，不讓民眾身有憂患，不讓民眾失去某一部份。孝是根本。在下鞏固其根本，可以斷絕毀謗和狂言。「其」指民眾之心〔註38〕。另有假借為「欺騙」、「忌憚」之用例，皆為心理狀態，故加「心」旁。
	集成 2721 𣂰鼎 （西周中期）	集成 2776 剌鼎 （西周中期）	
	集成 1799 掌鼎蓋 （戰國）	郭・六・41	

〔註37〕李守奎、邱傳亮〈包山簡文字考釋四則〉《中國文字研究》第十六輯（上海：上海人民出版社，2012），頁 73～74。

〔註38〕劉釗：《郭店楚簡校釋》（福建：福建人民出版社，2005），頁 120。

	圖錄 2．145．2（齊）	說文	
尚	集成 1769 尚方鼎 （西周早期）	包二．197	《說文》：「尚，曾也，庶幾也。從八，向聲。」楚簡帛文例中作庶幾解，帶有祈使語氣，因為心中期盼，陳斯鵬認為「尚」字在卜辭使用時帶有「揣度」的意味〔註39〕，故添加「心」旁。
	睡．雜 35	說文	
易	甲 3364 合 20263	集成 5378 小臣𤔲卣 （商代晚期）	《說文》：「易，蜥易，蝘蜓，守宮也。象形。《秘書》說，日月為易，象陰陽也。一曰從勿。」於楚簡帛文例中作容易解，加「心」旁可解為表心理狀態。
	集成 2405 德鼎 （西周早期）	郭．老甲．16	
	睡．語 10	說文	
哀	集成 4330 沈子它簋蓋 （西周早期）	郭．語二．31	《說文》：「哀，閔也。從口。衣聲。」其為從口衣聲的形聲字，《文字編》中哀字除於下方增添心字之寫法外，另有「依」寫法，按劉釗所言：古文字「口」旁和「心」旁往往通用，故可推想該寫法不只與「口」旁通用，而是綜合上述方式再增「心」旁。
	睡．日甲 29 背	說文	

〔註39〕陳斯鵬：〈論周原甲骨和楚系簡帛中的「囟」和「思」──兼論卜辭的性質〉，《第四屆國際中國古文字學研討會論文集》，香港中文大學中國語言及文學系，2003 年 10 月，頁 410～411。

祈	 戩 47．9 合 28118	 集成 2829 頌鼎 （西周晚期）	《說文》：「祈，求福也。从示，斤聲。」楚簡帛文例中作祈福解，增「心」應是為表心理狀態。
	 集成 3943 伯簪簋 （西周）	 集成 10151 齊大宰歸父盤 （春秋）	
	 新乙四．113	 說文	
軛	 上（二）．從（甲）．16	 說文	《說文》：「範，範軷也。从車，笵省聲。讀與犯同。」軛字根據劉信芳解釋，為祭名，出行前祭路神之儀式〔註 40〕。筆者觀察到，同一簡中，有「軛」與「軺」，由文句「㠯廣軺見」觀之，雖文意不明但以祭祀方面推想，增「心」或表恭敬之意。
害	 集成 2841 毛公鼎 （西周晚期）	 郭．尊．23	《說文》：「害，傷也。从宀，从口。宀、口，言从家起也。丯聲。」字例隸定後為𡩦字，按裘錫圭說法，為「害」本字。字形象人的足趾為蟲虺之類所咬嚙〔註 41〕。文例句意為：民眾除去不利。由上下文判斷，此加「心」旁義不明顯。
	 睡．秦 161	 說文	
衰	 郭．窮．10	 睡．為 49	《說文》：「衰，艸雨衣。秦謂之萆。从衣象形。𧘥，古文衰。」文例句意為：不是他的智慧有所衰敗。此處智慧應指思考，故增「心」旁。
	 說文	 說文古文	

〔註 40〕劉信芳：《楚系簡帛釋例》（合肥：安徽大學出版社，2011），頁 267。

〔註 41〕參考李圃編：《古文字詁林》，第 6 冊（上海：上海教育出版社，2003），頁 851。

戚	寧滬 1・592 合 34400	集成 10374 子禾子釜（齊） （戰國）	《說文》：「慼，憂也。从心，戚聲。」从「心」旁寫法，於楚簡帛文例中做憂愁、哀傷解。加「心」旁或與其心情狀態有關。
	郭・性・34	說文	
蒇	郭・性・30		此寫法上半部與楚系簡帛文字中常見地名蒇郢之蒇字，从艸、戚聲。〔註 42〕「蒇」〈包二・225〉、「蒇」〈望一・1〉寫法相同，楚簡帛文例中作哀戚解釋，故可理解此寫法為「戚」、「蒇」互混，而有戚字从艸從心之寫法。
勞	集成 271 鱻鎛 （春秋中期）	集成 2840 中山王嚳鼎 （戰國晚期）	《說文》：「勞，劇也。从力，熒省。熒火燒冂，用力者勞。勞，古文勞从悉。」《楚系簡帛文字編》中有「勞」〈郭・尊・24〉寫法。故可認為此字為「勞」字增添「心」旁之寫法，其增「心」旁或指勞心勞力，即憂心之義。
	郭・六・16	睡・為 12	
	說文	說文古文	
新	甲 2113 合 31802	集成 3439 新娒簋 （西周早期）	《說文》：「新，取木也。从斤，新聲。」楚簡帛文例句意不明，「大廄」又作「大廄」，為管理車馬之官府名。加「心」旁無義。

〔註42〕黃錫全：〈「蒇郢」辨析〉，《楚文化研究論集》（第二集）（湖北：湖北人民出版社，1991），頁 311～324。

	集成 11042 郘之新都戈 （戰國早期）	包二・191	
	睡・效 21	說文	
豊	甲 1933 合 31047	集成 9455 長由盉 （西周中期）	《說文》：「豊，行禮之器也。从豆，象形。讀與禮同。」楚簡帛文例中作禮儀解，禮乃出於心，發於外之表現，故加「心」旁。
	郭・性・23	說文	
彊	後 2・4・7 合 3019	集成 4333 頌簋 （西周晚期）	《說文》：「彊，弓有力也。从弓，畺聲。」「彊」與「強」通，楚簡帛文例意為：強大生於天性。此或許因與性情相關而添增「心」旁。
	郭・語二・34	睡・為 37	
	說文		
親	集成 209 克鎛 （西周晚期）	集成 2840 中山王譻鼎 （戰國晚期）	《說文》：「親，至也。从見，亲聲。」楚簡帛文例句意為：能恭侍其父母。「親」字此作父母解，配合句意加「心」旁或有侍親須出自真心之意。
	上（二）・昔・3	睡・秦 155	

	親 說文		
霝	品 甲 806 合 32509	霝 集成 267 秦公鎛 （春秋早期）	《說文》：「霝，雨零也。從雨， 吅象霝形。《詩》曰：『霝雨其 濛。』」楚簡帛文例為美好之意， 按句意：禮齊備樂過度為悲哀， 樂繁盛禮過度則是慢易。此句語 意與情緒有關，故可能因此增 「心」旁。
	霝 集成 9733 庚壺 （西周晚期）	霝 郭・語一・34	
	霝 說文		
難	鸛 集成 10151 齊大宰歸父盤 （春秋）	鸛 郭・老甲・16	《說文》：「鸛，鳥也。從鳥，堇 聲。難，鸛或從隹。」楚簡帛文 例中作困難解，皆是表示心理狀 態，下字「易」同為心理狀態， 故同增「心」旁。
	難 睡・封 94	難 說文	
	難 說文或體	難 說文古文	
	難 說文古文	難 說文古文	

此類二十例中，共有十五例作為增強字義使用，即表示心理狀態，兩例無明顯

意涵，一例為意近互換。一例作區別符號。一例為寫法混用。增繁位置通常書
於被增繁字之下方。

五、攴

攴字象手持杖形。作義符時，有「敲擊的動作」、「動作的樣貌」、「整治土
地」、「使正、改變、禁止」、「詆毀、攻擊」、「各種動作的引申」的意涵。

表 4-2-5　增繁攴旁字例表

楷書	字	例	說　明
比	京都 1822 合 2450	NA0490 䤡鎛（楚） （春秋晚期）	《說文》：「比，密也。二人為從，反從為比。夶，古文比。」比字從兩匕，會相並之意。甲骨文、金文、戰國文字寫法皆相同，楚系金文已可見，楚簡帛文例中增「攴」，應是表動作狀態。
	上（三）・周・10	睡・秦 21	
	說文	說文古文	
牢	京都 99 合 11350	集成 5409 貉子卣 （西周早期）	《說文》：「牢，閑，養牛馬圈也。從牛，冬省，取其四周帀也。」牢字如《說文》所釋象圈畜處之形，除從牛外，亦有從羊，如：「（圖）」（乙 1983 合 903）；從馬，如「（圖）」（京津 4831 合 30266）。楚簡帛文例中作大牢解，即祭祀用之祭品，增「攴」旁，或可聯想驅趕牲畜之動作。
	新乙四・128	睡・日甲 103	
	說文		

祖	前1‧9‧6 合 379	集成 4096 陳逆簋（齊） （戰國早期）	《說文》：「祖，始廟也。從示，且聲。」李家浩認為增「又」字例應是「祖」的異體，讀為「俎」，並和望山簡對照，認為祖以皇為名，可能是取象其花紋似鳳凰羽。〔註43〕楚簡帛增「攵」可與「且」字增「又」互參，或許皆是表示某種動作的狀態。
	集成 2840 中山王嚳鼎 （戰國晚期）	包二‧266	
	睡‧日甲 49 背	說文	
量	京津 2690 合 18507	集成 3908 量侯簋 （西周早期）	《說文》：「量，稱輕重也。從重省，曏省聲。𨤾，古文量。」量字甲骨文從東，東象囊橐之形，上「⊓」、「⊙」之形應為測量用具，字形有盛重物而稱量之意。金文下增「土」，戰國文字亦同。就文例看來，作計算、測量之意，故或增「攵」為增強計算之動作。
	上（四）‧曹‧32	睡‧為 5	
	說文	說文古文	

此類四例中，除祖字增繁意義不明外，其餘皆為增強字義使用，為表示行為動作。增繁位置通常書於文字右側或下方。

六、止

止字象人足之形。作義符時，有「腳」、「與行走有關的動作」、「方向」等意涵。

〔註43〕李家浩：《著名中年語言學家自選集‧李家浩卷》（合肥：安徽出版社，2002），頁246～248。

表 4-2-6　增繁止旁字例表

楷書	字　　例		說　　明
上	甲 1164 合 30388	集成 4261 天亡簋 （西周早期）	《說文》：「丄，高也。此古文上，指事也。上，篆文丄。」上字甲骨文作上短下長兩橫畫，後短橫變作豎筆，金文有為表聲而增「尚」，楚系簡帛文字則增「止」旁。就楚簡帛文例看來，包山〔註44〕、新蔡〔註45〕簡文例作逆流而上解、郭店簡作上位者解〔註46〕、上博簡作崇尚解〔註47〕。或可將加「止」理解為表示方位。
	集成 10373 燕客量（楚） （戰國）	包二·236	
	郭·成·9	睡·效 3	
	說文古文	說文篆文	
升	甲 550 合 31119	集成 4315 秦公簋 （春秋中期）	《說文》：「升，十龠也。从斗，亦象形。」升字象斗杓中盛物之形，何琳儀認為升字从斗，由斗杓內加圓點分化為升。〔註48〕由文例作「右歪徒」，可知其為「登徒」之假借，升、登皆屬蒸部。增「止」或為假借後補充強化動作字義。
	曾 150	睡·秦 100	
	說文		

〔註44〕劉信芳：《包山楚簡解詁》（臺北：藝文印書館，2003），頁 223，釋「愿」。

〔註45〕何琳儀：《新蔡竹簡選釋》安徽大學學報（哲學社會科學版）第 28 卷第 3 期，2004，頁 9。

〔註46〕劉釗：《郭店處簡校釋》（福州：福建人民出版社，2005），頁 139。

〔註47〕馬承源：《上海博物館藏戰國楚竹書（五）》（上海：上海古籍出版社，2005），頁 189。

〔註48〕何琳儀：《戰國古文字典——戰國文字聲系》（北京：中華書局，1998），頁 143。

及	甲 209 合 20348	集成 515 保卣 （西周早期）	《說文》：「及，逮也。从又，从人。ㄟ，古文及，〈秦刻石〉及如此。弓，亦古文及。遝，亦古文及。」甲骨文象一手从後方追趕、碰觸另一人之形；西周金文出現从「彳」、「辵」之寫法，透過地點、動作，增強追逐之意；楚系簡帛文字亦有此種寫法，另有加「辵」之形，同為表示腳部動作之意。〔註49〕
	集成 2838 旨鼎 （西周中期）	集成 4425 鬲叔盨 （西周晚期）	
	新乙四‧9	睡‧效 22	
	說文	說文古文	
	說文古文	說文古文	
死	鐵 199‧3 合 14764	前 7‧11‧2 合 14760	《說文》：「恆，常也。从心，从舟，在二之閒上下，心以舟施恆也。死，古文恆从月。」何琳儀解釋死字甲骨文从月，从二，會月在天地間永恆之意，為恆之初文。戰國文字加卜為飾作。死為「恆」之初文，但因為形體與「亟」相近，故楚簡中經常被當作「亟」使用〔註50〕，楚簡帛文例作「坙以行」，解為長久的付諸行動。〔註51〕故增「止」應為補充行動文義。
	集成 2380 亙鼎 （西周中期或晚期）	郭‧緇‧32	
	說文	說文古文	

〔註49〕見表格 5-2-5（頁 115）。

〔註50〕陳斯鵬：〈略論楚簡中字形與詞的對應關係〉《出土文獻與古文字研究》第一輯（上海：復旦大學出版社），頁 230。

〔註51〕劉釗：《郭店楚簡校釋》（福州：福建人民出版社，2005），頁 63。

來	甲 2123 合 557	甲 2658 合 33746	《說文》：「來，周所受瑞麥來麰，一來二縫。象芒束之形。天所來也，故為行來之來。」來字象麥形，甲骨文借為來去之來；金文有從「辵」作 《集成 2164 史迷方鼎》寫法；楚系簡帛文字有從「止」之寫法，有時通作「賚」字。楚簡帛文例或作地名、作動詞使用。增「止」應是為增強其作動詞使用之義。
	集成 944 作冊般甗 （商代晚期）	集成 5990 小臣艅犀尊 （商代晚期）	
	郭・語一・99	睡・秦 185	
	說文		
韢	包二・267		由楚簡帛文例看來為絲織品或皮革編織成之物品。〈望二・2〉有「」，〈包二・275〉有「」，加上字例計三種寫法皆為同字，可知其以來為聲符。增繁方式同「來」。
降	甲 473 合 19829	集成 4261 天亡簋 （西周早期）	《說文》：「降，下也。從𨸏，夅聲。」「夅」字從兩倒止，有由上往下之意，為降字初文。降字從「𨸏」，會自山𨸏而下之意。金文有加「止」、「土」之寫法，增「止」旁或表動作，增「土」旁或表地點。
	集成 2840 中山王𧊒鼎 （戰國晚期）	集成 11541 不降矛 （戰國）	
	上（二）・容・40	睡・日甲 128	

	 說文		
隕	 集成 2840 中山王嚳鼎 （戰國晚期） 說文	 上（五）‧三‧14	《說文》：「隕，從高下也。从𨸏， 員聲。」此增止旁應與「降」字 同例，因其亦是由上而下之義， 故亦可視為表示方位而增。
鄜	 包二‧174	 說文	楚簡帛文例作「鄜邑」，即「鹿 邑」。據劉信芳解釋其為現今河 南省鹿邑縣〔註 52〕。鹿下字增 「止」寫法甲骨文已見，如「𩿨」 《前 6‧46‧3》，前人多釋為 「逐」，與鹿字並無關係。再據 「𪋿」〈包山 173〉、「𪋿」〈包 山‧190〉亦可見未增「止」之 寫法，故排除誤寫之情形。但增 「止」意義不顯。

此類十字例中，有八例作為增強字義使用，表示方位或是動作，另一例意義不
明。另「來」字及從來得聲之字皆有增繁情形。增繁位置通常書於被增繁字之
下方。

七、毛

毛字象毛髮之形。作義符時，有「毛髮」、「獸毛」、「草木」等意涵。

表 4-2-7　增繁毛旁字例表

楷書	字　　　例		說　　　明
雜	 包二‧95	 睡‧秦 23	《說文》：「雜，五彩相會。从衣， 集聲。」楚系簡帛文字卒上方常 增「𠂹」，如「𣱀」〈包二‧82〉。

〔註52〕劉信芳：《楚系簡帛釋例》（合肥：安徽大學出版社，2011），頁 93。

說文	字例增「毛」，劉信芳云：「劉釗認為字即「雜」從毛應為雜字贅加義符的異構。李零讀為「捽」，說亦可通。」〔註53〕

此類增繁方式為書於被增繁字之下方。

八、爪

爪字象人手，以三指代五指，作義符時有「抓」、「拿」、「手部的動作」等意涵。

表 4-2-8　增繁爪旁字例表

楷書	字　　　例		說　　明
卒	甲 337 合 35428	集成 420 □外卒鐸 （戰國早期）	《說文》：「卒，隸人給事者衣為卒。卒，衣有題識者。」卒由衣字分化而來，戰國文字兩字互用。〔註54〕然觀察楚系文字用法，此寫法多用於「最後」、「完畢」之義，增「爪」之卒或為其義專用，亦或為與衣字區別。
	滎陽上官皿 戰國（韓）	郭・緇・9	
	睡・雜 5	說文	
家	甲 207 合 20268	集成 42 楚公豪鐘 （西周中期偏晚）	《說文》：「家，居也。從宀，豭省聲。」甲骨文家字從宀從豭，後「豭」省作「豕」。家字增「爪」寫法楚金文已可見，且為楚系特有寫法，但增「爪」之意義不彰。
	郭・老乙・16	睡・日乙・18	

〔註53〕劉信芳：《包山楚簡解詁》（臺北：藝文印書館，2003），頁 90。

〔註54〕何琳儀：《戰國古文字典——戰國文字聲系》（北京：中華書局，1998），頁 1171。

說文	說文古文

此類兩例，皆無法看出增繁部件與被增繁字之間關聯，雖卒字增繁或為區別符號之用，但家字則無法確指。其增繁位置通常書於被增繁字之上方。

九、臣

臣字象人俯首目立之形。作義符時有「官吏」、「侍者」等意涵。

表 4-2-9　增繁臣旁字例表

楷書	字　　例		說　　明
僕	後 2．20．10 合 17961	集成 2809 師旂鼎 （西周早期或中期）	《說文》：「僕，給事者。從人，從業，業亦聲。𹓥，古文從臣。」僕字甲骨文字形依商承祚解釋為象人冠首而兩手捧箕，金文誤寫將箕形移至人首。雖前輩學者對於業字形體多有解釋，但皆是認為僕字本義指奴隸，而戴家祥認為由《說文》從臣認為古人每以臣僕連稱，故增「臣」字。〔註 55〕應是為增強字義。而增「臣」寫法似只見於楚系文字。
	集成 11611 郘王蘐劍 （春秋）	包二．15	
	睡．雜 34	說文	
	說文古文		

此類增繁方式為書於被增繁字之下方。

〔註 55〕參考李圃編：《古文字詁林》，第 6 冊（上海：上海教育出版社，2003），頁 170～176。

十、言

　　言字象舌形，並於上加一橫畫，表說出口的話語。作義符時，有「說、言談」、「辯論、議論」、「告諭」、「訊問」、「言詞、話語」、「進諫」、「教誨」、「詐欺」、「誹謗、詛咒」、「責備」、「語言的真實」、「誦讀」、「呼喊」、「各種聲音」等意涵。

表 4-2-10　增繁言旁字例表

楷書	字　　例		說　　明
樂	前 5・1・2 合 36900	集成 249 癲鐘 （西周中期）	《說文》：「樂，五聲八音總名。象鼓鞞。木，虡也。」何琳儀釋樂字甲骨文从絲，从木，會弦樂器絲弦附於木器之意。西周金文增「△」為調弦之器，或為兒之省，為疊加音符。〔註56〕楚簡帛文例作禮樂解，增「言」或為表其聲音本質。
	諫季獻盨 集成 4413 （西周晚期）	郭・五・29	
	說文		

　　此類增繁方式為書於被增繁字之下方。

十一、百

　　百字象人首之形，作義符亦多表「人首」之意。

表 4-2-11　增繁百旁字例表

楷書	字　　例		說　　明
巾	前 7・5・3 合 11446	集成 9728 智壺蓋 （西周中期）	《說文》：「巾，佩巾也。从冂，丨象系也。」巾字何琳儀釋从冂（為冪之初文），丨表示所覆

〔註56〕何琳儀：《戰國古文字典——戰國文字聲系》（北京：中華書局，1998），頁 300。

字例	字例	說明
信二・05	包二・272	之物〔註57〕。甲骨文、金文寫法皆同。湯餘惠由字形分析認為該字从百、巾會意，是楚人頭上某種服飾名稱，與《玉篇》中的「頓」應為同一字。〔註58〕《說文》未收「頓」字，楚系簡帛之字例或「頓」字初文，增「百」以強化使用的部位。
巾		
說文		

此增繁方式為書於被增繁字的上方。

十二、頁

頁字象人頭與身體之形。作義符時，有「頭」、「頭骨」、「面部」、「頭部的疾病」、「頭部的狀態」、「頭部的動作」、「頸部」、「頭飾」、「面容」、「頭髮的狀態」等意涵。

表 4-2-12　增繁頁旁字例表

楷書	字　例	字　例	說　明
色	集成 00955 仲嘼父壺（西周早期）	集成 00482 驫鐘（春秋晚期）	《說文》：「色，顏气也。从人，从卩。𢐃，古文。」色字金文从爪从卩，會面部顏色之意。楚國文字多以「印」為「色」〔註59〕。戰國文字於卩旁加短橫以與印字區別，如「卪」〈信一・1〉。楚簡帛文例作臉色、表情解，故增「頁」旁可理解為增強表義之功能，表示為面容。
	郭・語一・47	睡・日乙 170	
	說文	說文古文	

此增繁方式為書於被增繁字之右側。

〔註57〕何琳儀：《戰國古文字典——戰國文字聲系》（北京：中華書局，1998），頁 1316。

〔註58〕湯餘惠：〈戰國文字考釋（五則）〉，《古文字研究》第十輯（北京：中華書局，1983），頁 285～287。

〔註59〕李家浩：〈驫鐘銘文考釋〉，《著名中年語言學家自選集：李家浩卷》（合肥：安徽出版社，2002），頁 65。

第五章　戰國楚系簡帛文字部件增繁研究（二）

因篇幅結構安排，此章接續第四章，將增繁部件依類別分為「生物類」、「民生類」、「器物類」、「宗教類」、「其他」等五類，以下分述。

第一節　生物類

此類別將取象於除人之外的動、植物所造之字置於一類，共有「馬」、「虫」、「艸」、「木」等四類。

一、木

木象樹木之形。作義符有「樹木整體或部位」、「木料」、「木器」、「憑藉木器的動作」、「伐木」等意涵。

表 5-1-1　增繁木旁字例表

楷書	字	例	說　明
匕	甲 355 合 27578	集成 972 微伯瘭匕 （西周中期）	《說文》：「匕，相與比敘也。從反人。匕，亦所以用比取飯。一名柶。」信陽簡中有一例從食「（字形）」〈信二·01〉，為表其為食器之屬，此增「木」為表明材質。

	信二・027	說文	
戶	甲 589 合 33098	集成 4144 作父乙簋 （商代晚期）	《說文》：「戶，護也。半門曰戶，象形。㦿，古文戶从木。」戶字象單扇門之形，甲骨文、金文、戰國文字寫法皆同。楚簡帛文例為「戶牖」，故可推測增「木」為表示其材質。
	九・五六・2	睡・秦 168	
	說文	說文古文	
社	集成 2840 中山王𗊄鼎 （戰國晚期）	新甲三・285	《說文》：「社，地主也。从示、土。《春秋傳》曰：『共工之子句龍為社神。』《周禮》：『二十五家為社，各樹其土所宜之木。』祪，古文社。」王慎行認為社字最初寫作「土」，後因古人於社主周圍植樹，故在土旁增「木」，產生「杜」字，後才產生从「示」的「社」字。〔註 1〕而此寫法正揉雜兩種書寫意象而成。
	睡・日乙 164	說文	
	說文古文		
苾	包二・竹簽	說文	《說文》：「苾，馨香也。从艸，必聲。」何琳儀認為此字讀「蔤」，指出其為植物〔註2〕，故增「木」或表示其性質。

〔註 1〕王慎行：〈殷周社祭考〉《古文字詁林》（第一冊）（上海：上海教育出版社，1999），頁 188～189。

〔註 2〕何琳儀：《戰國古文字典——戰國文字聲系》（北京：中華書局，1998），頁 1102。

巢	集成 4341 班簋 （西周早期）	上（一）·孔·10	《說文》：「巢，鳥在木上曰巢，在穴曰窠。从木，象形。」楚簡帛文例中作「鵲巢」，故增「木」強化字義。
糴	包二·273	說文	《說文》：「糴，穀也。从米，翟聲。」由楚簡帛文例看來應指以翟羽裝飾的車輪，此增「木」應為指材質。

此類七例中，五例為強化字義，一例為書寫習慣的沿襲。增繁位置有書於被增繁字之左側、右側、下方等。

二、艸

艸字象草形，作義符時多為「植物」、「草製品」使用。

表 5-1-2　增繁艸旁字例表

楷書	字　　例		說　　明
瓜	集成 9720 令狐君嗣子壺 （戰國早期）	上（一）·孔·19	《說文》：「苽，雕苽，一名蔣。从艸，瓜聲。」瓜字象瓜蔓、瓜實之形。楚簡帛文例作「木瓜」，故可認為「艸」為強調其所屬而增。
	睡·日乙65	說文	
兆	郭·老甲·25	睡·日乙159	據何琳儀言兆、涉為一字之分化，涉字作「𣥺」〈包二·128〉。而此兆字寫法上從艸。〈郭店·性自命出·47〉有「𦹩」字，釋作「蒸」，從艸下淵（省水）；〈上（二）·民·2〉有「𦭰」，釋作從竹下原或從竹下淵（省水）。兩字都讀為「源」〔註3〕，竹、艸可通，可見楚系簡
	說文	說文古文	

〔註3〕林素清：《上博（二）〈民之父母〉幾個疑難字的釋讀》，《上博館藏戰國楚竹書研究續編》（上海：上海書店出版社，2004），頁230～235。

			帛文字書寫時有省「水」而代之以「艸」之習慣。故此兆增「艸」可解。
帚	甲 668 合 32757	集成 5099 婦建馭卣 （商代晚期）	《說文》：「帚，糞也。从又持巾埽冂內。」由前文「一篲箕」可確知其為帚，增「艸」或為表其所使用的材質。
	信二‧021	說文	
恕	集成 9734 姧蚉壺 （戰國晚期）	郭‧老甲‧34	此寫法金文已可見，文例作憤怒解，雖《說文》：「恕，仁也。从心，如聲。忞，古文省。」將其釋作恕，但楚簡中則可見同時作恕、怒使用，如〈上（五）‧競建內之‧6〉作「恕」，但大多仍作為「怒」使用。而此增「艸」於文義不明。
	說文	說文古文	
疥	新甲三‧198、199-2	說文	《說文》：「疥，搔也。从疒，介聲。」楚簡帛文例作「疥瘡」解。〈上博四‧柬大王泊旱〉中有「」字，僕茅左隸作「笎」，讀為「疥」，指其為疥瘡，為皮膚病。〔註4〕張綱《中醫百病名源考》：「疥之為言，介也。介，謂甲介、鱗介也。故先秦之以疥為名者，則本謂搔以抑痒，肤為之灌錯，形有如甲介、鱗介之病也。」〔註5〕又〈信一‧04〉中「」字，亦隸作「笎」，作甲冑解。可知因此病會使肌膚產生狀似甲介、鱗介的痂屑，故亦寫作「笎」。又古文字竹、艸相通，故可知此寫法為竹、艸互換後，增「疒」表其為疾病。

〔註4〕馬成源主編：《上海博物館藏戰國楚竹書（四）》（上海：上海古籍出版社，2004），頁 196～197。

〔註5〕張綱：《中國百病名源考》（北京：人民衛生出版社，1997），頁 472。

秋	河 687 合 24225	粹 1151	《說文》：「秋，禾穀孰也。从禾，龜省聲。龝，籀文不省。」甲骨文有兩種寫法，一象直翅目昆蟲，一象直翅目昆蟲下有火，以表農害之蟲；籀文增「禾」旁表示為秋收之季；戰國文字皆省龜旁，或增日表示季節；晉系文字有增「田」表示地點；燕系文字上增「屮」（艸）為疊加音符。〔註6〕楚系簡帛文字此例寫法正同燕系文字。
	集成 8782 亞秋舟爵 （商代晚期）	九・五六・54	
	睡・日甲 1	璽彙 4430（三晉）	
	璽彙 4445（三晉）	璽彙 4449（三晉）	
	璽彙 0824（燕）	說文	
	說文籀文		
留	集成 2815 趩鼎 （西周晚期）	上（一）・紂・21	《說文》：「畱，止也。从田，戼聲。」《楚系簡帛文字編》下按語言《玉篇》有茵字，其義為香草，故其為从艸省；另有增「宀」旁之「畱」〈郭店・緇衣・41〉，兩種寫法所增部件皆與字義無明顯關係。
	睡・秦 147	說文	

〔註 6〕參考何琳儀：《戰國古文字典——戰國文字聲系》（北京：中華書局，1998），頁 228。

此類七例中，四例為增強字義，多用於表示性質。另兩例為用意不明。一例為偏旁互換之結果。增繁位置通常書於被增繁字之上方。

三、虫

虫字象蛇類爬蟲之形。作義符時多作「動物」使用。

表 5-1-3　增繁虫旁字例表

楷書	字	例	說　明
忧	 新甲三・61	 說文	《說文》：「忧，不動也。从心，尤聲。讀若祐。」楚簡帛文例解為憂，有憂患、憂煩之義，楊華以「」〈望一・9〉認為其為「蚤」字多意符「心」，應當釋為「慅」，古籍常解為憂〔註7〕；而《楚系簡帛文字編》中亦有「」〈新甲三・198、199-2〉字，亦作憂解，筆者認為此一寫法應為揉雜上述兩種解為憂字的字形而成。

此類增繁方式為書於被增繁字之右側。

四、馬

馬字象馬之形。作義符時有「馬名」、「馬色」、「馬的狀態」等意涵。

表 5-1-4　增繁馬旁字例表

楷書	字	例	說　明
匹	 集成 9710 曾姬無卹壺（楚） （戰國早期）	 曾 129	《說文》：「匹，四丈也。从八、匚，八揲一匹，八亦聲。」匹字从石，乙聲，金文文例中作「無匹」，有訓匹為敵、有將其釋作「言鰥寡孤獨而無告者」將其解為「無可匹敵」〔註8〕。於簡帛文字作計算馬的數量詞，滕壬生解釋其為：「从馬匹

〔註7〕楊華：〈新蔡祭禱簡中的兩個問題〉，《簡帛》第二輯（上海：上海古籍出版社，2007）。

〔註8〕黃德寬：〈曾姬無卹壺銘文新釋〉，《古文字研究》第二十三輯（北京：中華書局，2002），頁104。

		聲，即馬匹之匹的專字」〔註9〕。
		故增「馬」可解，金文或同。
睡・雜28	說文	

此類增繁方式為書於被增繁字之右側。

第二節　民生類

　　本類依照食衣住行等順序分類增繁部件，共有「食」、「肉」、「糸」、「宀」、「辵」、「彳」六類。

一、宀

　　宀字象房屋之形。做義符使用時有「房屋」、「特定範圍」等意涵。

表 5-2-1　增繁宀旁字例表

楷書	字	例	說　明
中	甲 398 合 32500	京都 269 合 1022	《說文》：「中，內也。從口、丨，上下通。𠔁，古文中。𠂹，籀文中。」中字甲骨文、金文皆象旗桿及旗斿之形，有時則省旗斿之形；戰國文字則大體相同，燕系文字則省去豎筆中之下筆。而此一寫法楚簡帛文例中有作官名、人名、地名、方位使用，增「宀」疑是因其有「內」之義，故增繁以表屋內。〔註10〕
	集成 370 中鐃 （商代晚期）	集成 NA1375 中陽鼎（楚） （戰國晚期）	
	包二・71	璽彙 3496（燕）	
	睡・秦 197	說文	

〔註 9〕滕壬生：《楚系簡帛文字編》（武漢：湖北教育出版社），頁 1071。
〔註10〕湖北省荊沙鐵路考古隊：《包山楚簡》（上冊）（北京：文物出版社，1991），頁 72。

	說文古文	說文籀文	
忠	集成 2840 中山王𫐉鼎 （戰國晚期）	郭・尊・4	《說文》：「忠，敬也。从心，中聲。」其增「宀」字應是受到中字影響。
	睡・為 12	說文	
反	前 2・4・1 合 36537	集成 2694 戍 B180 鼎 （商代晚期）	《說文》：「反，覆也。从又、厂。反形。反，古文。」反字甲骨文、金文、戰國文字書寫方式皆同，戰國文字或於「又」左下方增一畫，如「」《先秦編頁 212，魏》。楚簡帛寫法僅有一例，作地名解，增「宀」或為表示地點。
	包二・96	睡・為 22	
	說文	說文古文	
目	甲 215 合 20173	集成 8965 𬏪目父癸爵 （西周早期）	《說文》：「目，人眼。象形。重童子也。囧，古文目。」甲骨文、金文皆象眼形，戰國文字亦同，楚系文字將目字豎寫。表中文例為：「耳目鼻口手足六者」，楚簡帛此寫法僅一例，而按上下文作目字解無疑，故增「宀」意義不明。
	郭・五・45	睡・為 39	
	說文	說文古文	

	字形	字形	說明
厇	 乙 2256 合 14206	 集成 6014 宄尊 （西周早期）	《說文》：「宅，所託也。从宀，乇聲。宄，古文宅。厇，亦古文宅。」「厂」、「宀」取象皆為居所之意。宅字甲骨文、金文多从宀，楚系簡帛文字則多从厂。楚簡帛文例中作定居、居住解，郭店簡中亦有類似用法卻未增「宀」，增「宀」或為繁增義符。
	 新甲三·11、24	 睡·日甲 40 背	
	 說文	 說文古文	
	 說文古文		
邑	 甲 2987 反	 集成 9249 小臣邑斝 （商代晚期）	《說文》：「邑，國也。从口。先王之制，尊卑有大小，从卩。」羅運環認為楚文字中，邑字上繁加「宀」是作為一種區別符號，其所指為「大邑」，是官府性或官員的食稅大邑，與「田邑」、「邑里」之類的「小邑」有別。〔註11〕
	 包二·62	 《璽彙》 0100	
	 睡·效 29	 說文	
或	 集成 9095 呂仲僕爵 （西周早期）	 包二·10	《說文》：「或，邦也。从口，从戈以守一。一，地也。域，或又从土。」或字增「宀」寫法根據羅運環分析包山簡中的文例，可釋為「域」、「國」、「人名」等。並以郭店簡中的〈緇衣〉篇中《詩

〔註11〕羅運環：〈釋包山楚簡宄敔宄二字及相關制度〉《簡帛研究 2002、2003》（桂林：廣西師範大學出版社），頁 6～12。

			經》印證其可釋為「國」字，與域在一定條件下可通用。並在楚制中為一種對縣政有干預權的封國。〔註12〕國字從口表區域，或字增宀亦是同義。
	或 睡·秦104	或 說文	
	域 說文或體		
惑	集成2840 中山王嚳鼎（戰國晚期）	上（二）·容·20	《說文》：「惑，亂也。從心，或聲。」其增「宀」字應是受到或字影響。
	睡·日甲32背	說文	
留	集成2815 趞鼎（西周晚期）	郭·緇·41	《說文》：「畱，止也。從田，卯聲。」按楚簡帛文例並對照傳世本確定其可釋為「留」，另《上（一）·緇衣》亦可見，但寫作「」，不論「艸」或是「宀」繁增皆無明顯意義。
	睡·秦147	說文	
集	佚914 合17455	集成2298 鑄客為集脰鼎（楚）（戰國晚期）	《說文》：「雧，羣鳥在木上也。從雥，從木。集，雧或省。」朱德熙認為此寫法上半部為《說文解字》卷五「亼」字，釋為：「亼，三合也。從入、一，象三合之形。讀若集。」故棄字從亼從隹從木〔註13〕。張世超認為從「亼」是從「宀」的增畫繁化體，因「亼」在古文字中，是倒口形或器物在
	包二·10	說文	

〔註12〕羅運環：〈釋包山楚簡宔敔宔三字及相關制度〉《簡帛研究 2002、2003》（桂林：廣西師範大學出版社），頁6～12。

〔註13〕朱德熙：〈壽縣出土楚器銘文研究〉，《朱德熙文集》（五）（北京：商務印書館，1999），頁6。

		在古文字中，是倒口形或器物蓋的象形，而非《說文》所釋三合〔註14〕。文例有作人名、地名、官職名以及作聚集、集中解。〔註15〕筆者猜想「宀」為房屋之形，或與「口」用法類似，皆表限定於某一範圍，故增。
說文或體		

此類十字中，六例增繁為強化、區別字義之用，兩例作用不明，三例為從「中」、「或」得聲之字影響而增。增繁位置皆書於被增繁字之上方。

二、彳

彳字象道路之形。作義符時，有「行走」、「往來返復」、「行走的狀態」、「行進中的動作」等意涵。

表 5-2-2　增繁彳旁字例表

楷書	字　　　例		說　　明
長	後 1・19・6 合 27641	集成 1968 寫長方鼎 （西周早期）	《說文》:「長，久遠也。从兀，从匕。兀者，高遠意也。久則變化。亡聲。丫者倒亡也。无，古文長；镸，亦古文長。」長字象長髮人手持杖形，楚簡帛文例作長者解釋，增「彳」應是為強化持杖行進之意涵，即指年長者。
	郭・尊・14	睡・雜 34	
	說文	說文古文	
	說文古文		

此類增繁方式為書於被增繁字之左側。

<hr>

〔註14〕張世超：〈楚文字札記〉，《古文字研究》第二十九輯（北京：中華書局，2012），頁 588～589。

〔註15〕宋華強：〈論楚簡中「卒歲」、「集歲」的不同〉《簡帛研究網站》2005 年 11 月 20 日，http://www.jianbo.org/admin3/2005/songhuaqiang003.htm，頁 1。

三、糸

糸字象束絲之形。作義符時，有「蠶絲」、「絲的狀態」、「涉及絲的動作」、「絲綢」、「顏色」、「絲線、繩帶」、「絮綿」、「用線繩的動作」、「毛麻製成的布或鞋」等意涵。

表 5-2-3　增繁糸旁字例表

楷書	字　　例		說　　明
丹	乙 3387 合 716 賓組	集成 5426 庚嬴卣 （西周早期）	《說文》：「丹，巴越之赤石也。象采丹井，一象丹形。彤，古文丹。䖒，亦古文丹。」其構形字理不明，但就楚簡帛文例看來，可做顏色解，指著紅衣的木俑。此增「糸」，可理解為因下字「緅」類化或為增強字義表其顏色。
	望二・48	睡・秦 102	
	說文	說文古文	
	說文古文		
帶	粹 1243 合 13935	天策	《說文》：「帶，紳也。男子鞶帶，婦人帶絲，象繫佩之形。佩必有巾，从巾。」帶字根據何琳儀說解：上象大帶的中間、兩側打結之形，巾（或巿）為下垂之紳。合體象形〔註16〕。根據楚簡帛文例可知其為配飾，故「糸」為表其材質而增。
	包二・219	睡・日甲 13	
	說文		

〔註16〕參考何琳儀：《戰國古文字典——戰國文字聲系》（北京：中華書局，1998），頁 916。

黃	甲 1647 合 29687	集成 6004 鹽尊 （西周早期）	《說文》：「黃，地之色也。從田，從炗，炗亦聲。炗，古文光。𡕛，古文黃。」黃字演變根據裘錫圭〔註17〕、何琳儀說法，甲骨文象人突胸凸肚形，為「尪」之初文，金文為強調病重之人面朝天從口，而後演變為「廿」形，戰國文字亦同，兩側多加兩斜筆為飾。〔註18〕而其在楚系簡帛文字中作顏色解，楚簡帛文例中所指為黃色貼身衣物，故增「糸」為增強字義。
	仰二五・8	睡・日乙 184	
	說文	說文古文	

此類三字，皆有其增繁用意，無論是為表材質或表其為織物，增繁位置有書於被增繁字之左側、下方等部位。

四、肉

肉，象肉塊形。作為義符使用時，有「人或動物的器官」、「肉製食品」、「人的皮膚、肌肉、外型」、「祭祀活動」等意涵。

表 5-2-4　增繁肉旁字例表

楷書	字　　　例		說　　　明
尹	甲 744 合 27659	集成 11577 大攻君鈹 （戰國）	《說文》：「尹，治也。從又、丿，握事者也。㖔，古文尹。」尹字甲骨文作以手持物之形，金文及戰國文字或作手形連筆之寫法。而尹增「肉」旁寫法，金文便已可見，做為官職名「攻尹」使用，根據劉信芳解釋，楚攻尹亦兼領神職〔註19〕，或許其他國家亦同，故增「肉」表示祭祀活動。然新蔡簡文例作「陵尹」，據簡文記載其為君貞，或因此增「肉」表其進行卜筮活動。「尹」字亦做
	集成 11350 郾王詈戈（燕） （戰國晚期）	新零・200、323	

〔註17〕裘錫圭：〈說卜辭的楚巫尪與作土龍〉，《甲骨文與殷商史》（上海：上海古籍出版社，1983），頁 21～35。

〔註18〕參考何琳儀：《戰國古文字典──戰國文字聲系》（北京：中華書局，1998），頁 635～636。

〔註19〕劉信芳：《楚系簡帛釋例》（合肥：安徽大學出版社，2011），頁 24。

	說文	說文古文	姓氏使用。
舌	乙 3299 合 5995	集成 1220 舌方鼎 （商代晚期）	《說文》：「舌，在口所以言也，別味也。从千，从口，千亦聲。」舌字象口吐舌之形，甲文、金文寫法並無改變，楚系文字增「肉」旁，劉釗認為其為加義符之繁體〔註20〕。鄂君啟舟節中有「[圖]」寫法，楚簡帛文例中以齒舌比喻上下關係。
	郭・語四・19	說文	
虎	甲 3017 反 合 9273 反	集成 4252 大師盧簋 （西周中期）	《說文》：「虎，山獸之君。从虍，虎足象人足，象形……劇，古文虎。劇，亦古文虎」甲文、金文皆做虎形。戰國文字身、足、尾省作人形，楚簡帛文例皆作為虎用，表示物品材質為虎皮，故增「肉」可解。
	曾 8	睡・雜 25	
	說文	說文古文	
	說文古文		
豢	新乙二・16	說文	《說文》：「豢，以穀圈養豕也。从豕，柔聲。」商承祚《殷虛文字類編》：「今卜辭有柔、奔字，象以手奉豕，疑即豢之初字。篆文从采，殆後世所增。牛羊曰芻，犬豕曰豢。故其字或从豕，或从犬。」此字於楚簡帛文例中皆作祭品解，故增「肉」可解。

此類四字，皆有其增繁用意，或為表示祭祀活動，或表其性質。增繁位置有書於被增繁字之左側、下方等。

五、辵

辵字象人行於道中。作義符時，有「行走」、「行走的狀貌」、「前往」、「前進」、「追逐」「逃亡」、「遷徙」、「迎逢」、「遏止」、「相及」、「迴避」、「迅速」、「距離」等意涵。

表 5-2-5　增繁辵旁字例表

楷書	字　　例		說　　明
尚上	甲 1164 合 30388	集成 4261 天亡簋 （西周早期）	《說文》：「丄，高也。此古文上，指事也。上，篆文丄。」楚簡帛文例就文義應解釋為官倉、御廩一類。〔註21〕就文義看來增「辵」無意義，璽印文字雖有此寫法但多用作人名無法推測用意。而楚系簡帛文字中上字多有增「止」寫法，故應可將此寫法視作與增「止」寫法相同。
	集成 12113 鄂君啟舟節 （戰國中期）	集成 2590 十三年上官鼎 （戰國晚期）	
	集成 9735 中山王𰯼方壺 （戰國晚期）	包二 · 150	
	睡 · 效 3	璽彙 2828	
	說文古文	說文篆文	

〔註21〕劉信芳：《楚系簡帛釋例》（合肥：安徽大學出版社，2011），頁 54。

及	甲 209 合 20348	集成 5415 保卣 （西周早期）	《說文》：「及，逮也。从又，从人。 \乁，古文及，〈秦刻石〉及如此。 弓，亦古文及。逮，亦古文及。」 及字从人从又，會人以手逮住另一 人，金文便有增「彳」之書寫方式 表示地點，而此增「辵」為表示地 點及動作。
	集成 2838 智鼎 （西周中期）	集成 4425 鳧叔盨 （西周晚期）	
	郭・老乙・7	睡・效 22	
	說文	說文古文	
	說文古文	說文古文	
去	乙 3029 合 18187	集成 2782 哀成叔鼎 （春秋晚期）	《說文》：「去，人相違也。从大， 凵聲。」去字按裘錫圭說法其構形 為在「凵」上加「大」，表示開口， 當作開口講的「呿」〔註 22〕。金 文一例增「止」，作「去除」解； 楚簡帛文例作離去解，增「辵」和 「止」皆為增強字義。
	集成 9734 舒螫壺 （戰國晚期）	天卜	
	睡・秦 162	說文	

〔註22〕裘錫圭：〈說字小記〉，《古文字詁林》（第五冊）（上海：上海教育出版社，2002），頁 225～226。

兆	 新零・100	 睡・日乙 159	《說文》:「𠧞，灼龜坼也。从卜、兆，象形。兆，古文兆省。」兆為「逃」本字，楚文字構形由兩「人」形變成兩「止」形，除可視作字形上的自然變化外，亦可考慮表意方法的影響。〔註 23〕故雖楚簡帛文例作占卜結果之兆使用，但其增「辵」可解。
	 說文	 說文古文	
先	 戩 8.8 合 23487	 集成 2837 大盂鼎 （西周早期）	《說文》:「先，前進也。从儿，从之。」甲骨文會人前行之意，金文亦同。金文中有一增「彳」之字形，楚簡帛文例作先祖解；楚系文字增「辵」，亦作先祖解，「彳」、「辵」皆為增強於路行走之意涵。
	 集成 184 余購逐兒鐘 （春秋晚期）	 新甲三・142-1	
	 睡・日甲 125 背	 說文	
寺	 集成 4007 泆伯寺簋 （西周晚期）	 集成 161 𠫑羌鐘 （戰國早期）	《說文》:「寺，廷也，有法度者也。从寸，之聲。」其於楚簡帛文例中作「寺人」，又《周禮・天官・寺人》:「寺人掌王之內人及女宮之戒令，相導其出入之事而糾之。若有喪紀、賓客、祭祀之事，則帥女宮而致於有司，佐世婦治禮事。掌內人之禁令，凡內人弔臨于外，則帥而往，立于其前而詔相之。」此增「辵」或表其有迎逢之意。
	 上（二）・昔・2	 睡・秦 182	
	 說文		

〔註 23〕沈培〈從西周金文「姚」字的寫法看楚文字「兆」字的來源〉，《古文字學論稿》（合肥：安徽大學出版社，2008），頁 323～331。

兌	 甲 626 合 28801	 集成 4318 三年師兌簋 （西周晚期）	《說文》：「兌，說也。從儿，㕣聲。」《楚系簡帛文字編》所列三例中，其中兩例劉信芳將其釋作迯，並解釋為「道也、徑也」〔註24〕，故從「辵」可解，增強行路之義；另一例作喜悅之「悅」解，增「辵」義不明。
	 郭・老甲・27	 睡・日甲 5	
	 說文		
來	 甲 2123 合 557	 甲 790 合 34178	《說文》：「來，周所受瑞麥來麰，一來二縫。象芒束之形。天所來也，故為行來之來。」來字本像麥穗形，後作為來去之來，增繁情形如增「止」之來字〔註25〕，增「辵」寫法已於商代便有，是因其義轉為來去之來，故增加以強化行來、往來之義。〔註26〕
	 集成 2459 交鼎 （商代晚期）	 上（二）・容・47	
	 睡・秦 185	 說文	

此類八字，增繁皆為強化字義，表示行走動作及地點。增繁位置皆書於被增繁字之下方。

六、食

食字象人張口吃裝在器皿中的食物。作義符時，有「飯食」、「煮飯」、「吃

〔註24〕劉信芳：《荊門郭店竹簡老子解詁》（臺北：藝文印書館，1999），頁 34。

〔註25〕見表格 4-2-8（頁 93）。

〔註26〕參考徐富昌：《上帛楚竹書〈周易〉異體字簡考》，《古文字研究》第二十七輯（北京：中華書局，2008），頁 460。

「飯」、「給人送食」、「飯食的狀態」、「飽、餓的感覺」、「用飯時拜謁、送行」、「祭祀」等意涵。

表 5-2-6　增繁食旁字例表

楷書	字　　例		說　　明
匕	甲 355 合 27578	集成 972 微伯癲匕 （西周中期）	《說文》：「匕，相與比叙也。從反人。匕，亦所以用比取飯。一名柶。」匕字象曲柄勺之形，該字形僅一例，出現於信陽長臺關一號楚墓遣策中，根據出土報告，墓內有匕 9 件，與器座、俎、鬲一起出土，應為當時的飲食用具〔註 27〕。故可推測增「食」字為表明其用途。
	信二‧1	說文	

此類增繁方式為書於被增繁字之左側。

第三節　器物類

本類以字形取象為器物類之增繁部件，共有「刂」、「玉」、「疒」、「羽」、「臼」、「貝」等六類。

一、刂

刂字象刀之形。作義符使用有「利器」、「使用刀切割」等意涵。

表 5-3-1　增繁刂旁字例表

楷書	字　　例		說　　明
宰	佚 426	集成 2780 師湯父鼎 （西周中期）	《說文》：「宰，辠人在屋下執事者。從宀，從辛。辛，辠也。」於楚簡中多作職官名「宰尹」，根據劉信芳解釋「宰尹」本治膳官，後成為治獄職官名。〔註 28〕就其治膳官之本義則增「刀」、「刃」可

〔註27〕河南省文物研究所：《信陽楚墓》（北京：文物出版社，1986），頁 109。
〔註28〕劉信芳：《楚系簡帛釋例》（合肥：安徽大學出版社，2011），頁 23

弔 包二‧37	龠 包二‧266
宰 說文	

解，如李朝遠解釋：「殺牲割肉曰宰，故字可從刀」。〔註29〕

此類增繁方式為書於被增繁字之右側。

二、玉

玉字象玉或貝平置之形。作義符時，有「玉石」、「玉器」、「玉的顏色、聲音」、「加工玉石的過程」、「似玉的石頭」、「珍寶」等意涵。

表 5-3-2　增繁玉旁字例表

楷書	字　　例		說　　明
圭	仚 乙 6776 合 11006	圭 集成 9897 師遽方彝 （西周中期）	《說文》：「圭，瑞玉也，上圜下方。公執桓圭，九寸；侯執信圭，伯執躬圭，皆七寸；子執穀璧，男執蒲璧，皆五寸。以封諸侯。從重土。楚爵有執圭。珪，古文圭從玉。」圭字甲骨文象頭部三角形，體呈長條形之物品，經蔡哲茂考定為「圭」字〔註30〕。而楚簡帛文例為玉器，故增「玉」表其材質，可解。
	珪 郭‧緇‧35	赶 上（一）‧紂‧18	
	圭 說文	珪 說文古文	

此類增繁方式為書於被增繁字之左側或右側。

〔註29〕馬承源主編：《上海博物館藏戰國楚竹書（三）》（上海：上海古籍出版社，2003），頁 264。

〔註30〕蔡哲茂：〈說殷卜辭中的「圭」字〉，《漢字研究》（第一輯）（北京：學苑出版社，2005），頁 308〜315。

三、疒

　　疒字象床形。作義符時有「疾病」、「感覺、感受」、「形容有缺陷的」等意涵。

表 5-3-3　增繁疒旁字例表

楷書	字　　　例		說　　　明
膚	集成 5950 引尊 （西周早或中期）	新甲三・110	《說文》：「臚，皮也。从肉，盧聲。膚，籀文臚。」除新蔡簡文例因辭例遭疑為「癟」或「癏」誤書外〔註31〕，餘皆為「膚疾」解，故可認為增「疒」旁為加強疾病之意。
	說文	說文古文	

　　此類增繁方式為書於被增繁字之上方。

四、羽

　　羽字象鳥羽之形。作義符時有羽毛之意涵。

表 5-3-4　增繁羽旁字例表

楷書	字　　　例		說　　　明
矛	集成 4322 頌簋 （西周晚期）	包二・277	《說文》：「矛，酋矛也。建於兵車，長二丈。象形。𢦽，古文矛，从戈。」由楚簡帛文例可知其為兵器「矛」，增羽應是因矛上飾羽毛，包山楚墓中有出土柲上扎綑羽毛之矛〔註32〕，故可知增「羽」是為表示其上所飾。
	睡・法 85	說文	

〔註31〕宋華強：《新蔡葛陵楚簡初探》（武漢：武漢大學出版社，2010），頁 388，註二。
〔註32〕湖北省荊沙鐵路考古隊：《包山楚簡》（上冊）（北京：文物出版社，1991），頁 205。

　　說文古文	

此類增繁方式為書於被增繁字之上方。

五、臼

臼字象舂米器具之形，除此義外多作聲符使用。

表 5-3-5　增繁臼旁字例表

楷書	字　　　例		說　　明
牙	集成 4213 屋敖簋蓋 （西周晚期）	曾 165	《說文》:「牙，牡齒也。象上下相錯之形。𠗧，古文牙。」牙字象牙齒之形，戰國文字增「」，雖隸為臼，但為齒字，如「」〈曾一〉，止為聲符，下半部象口齒之形。故增「齒」可視為增強牙字字義之用。
	說文	說文古文	
本	集成 2081 本鼎 （西周中期）	郭·成·12	《說文》:「本，木下曰本。从木，一在其下。𣡕，古文。」本字从木，下方以點或短橫表示樹木之根。楚系簡帛文字中本字大多寫作「杏」，下方增「臼」旁，然筆者認為此非臼字。楚簡中臼字寫作「」〈包二·277〉，四豎筆距離大多相等，而齒字下半部亦多作「」〈信二·0二〉、「」〈仰二五·25〉、「」〈天策〉三類寫法。楚系簡帛文字中本尚有「」〈郭·成·14〉、「」〈郭·六·41〉、「」〈上（一）·孔·5〉等寫法，或可與《說文》古文參照，將此寫法認為是樹木之根的另一種表現方式，只是與臼形近相混。
	睡·秦 38	說文	
	說文古文		

酖	 包二・138	 說文	《說文》：「酖，樂酒也。从酉，尢聲。」根據趙平安：〈釋「酓」及相關諸字——論兩周時代的職官「酓」〉〔註33〕一文，可以發現尢从臼寫法，作聲符使用。除楚系簡帛文字外，另有如「酓」（王人酓輔甗）、「酓」（邾諸尹征城）等。
枕	 信二・023	 說文	《說文》：「枕，卧所薦首者。从木，尢聲。」增繁方式同「酖」字。
郯	 包二・85		《說文》未見。增繁方式同「酖」字。
沈	 存1889 合34460	 集成4330 沈子它簋蓋 （西周早期）	《說文》：「沈，陵上滈水也。从水，尢聲。一曰濁黕也。」增繁方式同「酖」字。
	 郭・窮・9	 說文	

此類六字中，有兩例是因隸定訛誤。另四例為从「尢」得聲者，皆有此增繁情形。增繁位置皆書於被增繁字之下方。

六、貝

　　貝字象貝殼之形，作義符時有「財富」、「商業行為」、「禮品」、「賞賜」等意涵。

〔註33〕趙平安：《新出簡帛與古文字古文獻研究》（北京：商務印書館，2009），頁124～130。

表 5-3-6　增繁貝旁字例表

楷書	字	例	說 明
亡	乙 7817 合 13757	集成 4261 天亡簋 （西周早期）	《說文》：「亡，逃也。從入，從 乚。」此寫法於楚簡帛文例中皆 與得相對，作「失去、損失」解 釋，故增「貝」可解，以有形之 物品藉以代表無形之損失。
	郭·老甲·36	睡·秦 157	
	說文		
富	集成 4688 上官豆 （戰國）	上（一）·紂·22	《說文》：「富，備也。一曰厚也。 從宀，畐聲。」增「貝」寫法於楚 簡帛文例中作「富貴」解，故增「貝」 可解。
	睡·日甲 120	說文	
嗌	集成 2838 畕鼎 （西周中期）	包二·110	《說文》：「嗌，咽也。從口，益 聲。蓋，籀文嗌，上象口，下象 頸脈理也。」增「貝」寫法於楚 簡帛文例中有作人名、亦或讀為 益，作「增益」解，故增「貝」 以表達增加、豐足之義。
	說文	說文籀文	

此類三例，增繁皆為強化字義。增繁位置皆書於被增繁字之下方。

第四節　宗教類

本類收字形取象與祭祀有關之增繁部件，共有「卜」、「示」兩類。

一、卜

卜字象以龜甲獸骨燒灼後之紋路。作義符時表「占卜」之意涵。

表 5-4-1　增繁卜旁字例表

楷書	字　例		說　明
兆	新乙四·23	說文	《說文》：「𤉢，灼龜坼也。從卜、兆，象形。兆，古文兆省。」楚簡帛文例中多作「𤉢玉」，就劉信芳解釋，其為祭禮用玉〔註34〕，故增「卜」可解釋為其與占卜有關。還有另一用法作「𤉢亡咎」，此用法只見新蔡簡，或可將其解為受「𤉢玉」寫法影響所致。

此類增繁方式為書於被增繁字之右側。

二、示

示字象供桌、祭壇之形。作義符時，有「祭祀」、「神祇」、「吉祥安福」、「災禍」、「祭祀的物品」等意涵。

表 5-4-2　增繁示旁字例表

楷書	字　例		說　明
先	甲218 合22315	集成2820 善鼎 （西周中期）	《說文》：「先，前進也。從儿，從之。」楚簡帛文例中作「楚祂」，即楚人之祖先，根據〈包二·217〉〔註35〕所載，可知為老僮、祝融、鬻酓。故增「示」可解。
	集成184 余贎遴兒鐘 （春秋晚期）	新乙三·41	

〔註34〕劉信芳：《楚系簡帛釋例》（合肥：安徽大學出版社，2011），頁275。
〔註35〕簡文作：「舉禱楚先老僮、祝䰜（融）、媸（鬻）酓（熊）。」

	睡・日甲 125 背	山東金文集成 司馬枂編鎛	
客	集成 4214 師遽簋蓋 （西周中期）	集成 2705 師眉鼎 （西周中期）	《說文》：「客，寄也。从宀，各聲。」根據劉信芳解釋：古代禮儀，祭祀諸神時，同時祭祀列祖列宗，商代稱「賓」。楚人襲之，亦稱「賓」或「客」。故可知增「示」旁是為增強其祭祀之意。〔註36〕
	集成 2544 仲義父鼎 （西周晚期）	包二・202	
	睡・法 90	說文	
既	甲 3758	集成 2760 作冊大方鼎 （西周早期）	《說文》：「旣，小食也。从皀，旡聲。」既字甲骨文、金文、戰國文字寫法皆同，以人臉側一旁對食器會食畢之意。楚簡帛文例中因簡殘僅存「禁祝」二字，可知其與祝禱有關，故增「示」可理解為表示祭祀。
	新零・127	睡・為 12	
	說文		

此類三字，皆作強化字義使用，表示祭祀行為或對象。增繁位置書於被增繁字之左側或下方。

〔註36〕 參考劉信芳：《包山楚簡解詁》（臺北：藝文印書館，2003），頁 217。

第五節　其　他

　　此類將聲符增繁以及筆者認為需並列而談的增繁字例收於一類，共有七例，前五項分別為「丌」、「于」、「戈」、「坓」、「艸」；後兩項則是因情形特殊，故將擁有一字多種增繁情形之字合併比較。本節將不歸屬於前列之增繁部件以及一字多個增繁部件等置於此類，因此類多係增繁聲符，故不在增繁部件下解釋其作義符時之使用方式。

一、丌

表 5-5-1　增繁丌旁字例表

楷書	字	例	說　明
己	甲 2262 合 22484	集成 2125 束冊作父己鼎 （商代晚期或西周 早期）	《說文》：「𢍰，長踞也。從己，其聲。讀若杞。」己、其二字古韵同屬之部〔註 37〕，故增「其」字可理解為增繁聲旁。
	郭·緇·11	睡·日乙 67	
	說文	說文	

二、于

表 5-5-2　增繁于旁字例表

楷書	字	例	說　明
羽	鐵 60·4 合 10769	佚 542 合 12346	《說文》：「羽，鳥長毛也。象形。」羽、于二字上古音同屬魚部，故增「于」字可理解為增繁聲旁。

〔註37〕本文採周法高之古韵分部。

 集成 5953 犀父己尊 （西周中期）	 集成 287 曾侯乙鐘 （戰國早期）
 包二・141	 睡・為 26
 說文	

三、戈

表 5-5-3　增繁戈旁字例表

楷書	字　　例		說　　明
奇	 郭・老甲・29	 郭・老甲・31	《說文》：「奇，異也。一曰不耦。從大，從可。」奇字當釋為從大可聲，增「戈」為增繁聲旁，因「戈」、「可」同為歌韵，故可解。
	 睡・法 161	 說文	

四、坣

表 5-5-4　增繁坣旁字例表

楷書	字　　例		說　　明
兄	 甲 2292 合 20014	 集成 3644 史梅𣪘作且辛簋 （西周早期）	《說文》：「兄，長也。從儿，從口。」兄、坣上古音同屬陽部，故增「坣」為增繁聲旁。

 NA0425 王孫誥鐘（楚） （春秋晚期）	 包二‧63
 包二‧135	 睡‧封93
 說文	

五、艸

表 5-5-5　增繁艸旁字例表

楷書	字　　例	說　　明
焂	 望一‧8	根據何琳儀解釋，焂字从火、从日或田，允聲。疑焌之異文。楚簡作月名，因焂、爨同屬齒音，故相當於秦簡中的「爨月」〔註38〕。而「艸」亦為齒音，故增「艸」應是增繁聲符。

六、匸、耳、艸

表 5-5-6　增繁匸、耳、艸旁字例表

楷書	字　　例	說　　明
迻	 天卜	 說文	《說文》：「迻，遷徙也。从辵，多聲。」迻字除增「耳」外還有增「匸」寫法，陳偉採濮茅左〔註39〕、張光

〔註38〕參考何琳儀：《戰國古文字典——戰國文字聲系》（北京：中華書局，1998），頁1343。

〔註39〕濮茅左認為〈上（二）‧民‧7〉的「」字與〈郭‧尊‧17〉對照，可讀作「迡」，以為「匸」與「尼」、「迡」可能通假，「」為「」省。馬承源主編：《上海博物館藏戰國楚竹書（二）》（上海：上海古籍出版社，2002），頁165。

 新零・270	裕〔註 40〕說法，藉此推論逐字从耳、匚寫法的可能關聯。〔註 41〕筆者亦認為可從，如綜合濮說及張說，尼、逐兩字同屬舌音、另脂歌旁轉互通。故其應屬於繁增聲旁。楚簡帛文例作遷徙、移去解〔註 42〕。於此增「屮」、「耳」意義不顯。

七、攵、土、屮、口、火

新蔡楚簡中「鄩邑」之「鄩」有多種寫法，如：「鄩」、「敽」、「墊」、「蕁」、「嘟」、「鄸」。包山簡中有「薂」寫法。關於鄩郢所在各家說法不一，如：

何琳儀：衛地之鄩，今河南清豐南〔註 43〕

羅運環：湖北黃梅縣西南〔註 44〕

黃錫全：湖北潛江龍灣遺址〔註 45〕

王紅星：湖北荊州馬山蔡橋遺址〔註 46〕

雖各家認定之鄩郢所在不同，但皆認為簡文中之鄩郢為同一處。

表 5-5-7　增繁攵、土、屮、口、火旁字例表

楷書	字　　　例		說　　　明
鄩	新甲三・183-2	說文	《說文》：「鄩，周邑也。从邑，尋聲。」此寫法除作地名外，另有一例作「順沿」解。增「攵」或表動作狀態。

〔註 40〕張光裕認為〈上（二）・從甲・13〉中的「𨘢」字，其中的「𡰪」應隸作「屌」，即「尼」。「𡩡」為受「耳」形影響之訛，故其隸為「遲（迡）」字。馬承源主編：《上海博物館藏戰國楚竹書（二）》（上海：上海古籍出版社，2002），頁 226。

〔註 41〕陳偉：《新出楚簡研讀》（武漢：武漢大學出版社，2010），頁 89～90。

〔註 42〕參考沈培：〈從戰國簡看古人占卜的「蔽志」——兼論「移崇」說〉復旦大學出土文獻與古文字研究中心 200716/16。http://www.gwz.fudan.edu.cn/SrcShow.asp?Src_ID=212

〔註 43〕何琳儀：《新蔡竹簡選釋》，《安徽大學學報》（哲學社會科學版）2004 年第 3 期。

〔註 44〕羅運環：〈葛陵楚簡鄩郢考〉，《古文字研究》第二十七輯（北京：中華書局，2008），頁 498～500。

〔註 45〕黃錫全：〈楚都「鄩郢」新探〉，《江漢考古》2009 年第 2 期，頁 88～92。

〔註 46〕王紅星：〈楚郢都探索的新線索〉簡帛網 2011/06/01，http://www.bsm.org.cn/show_article.php?id=1484。

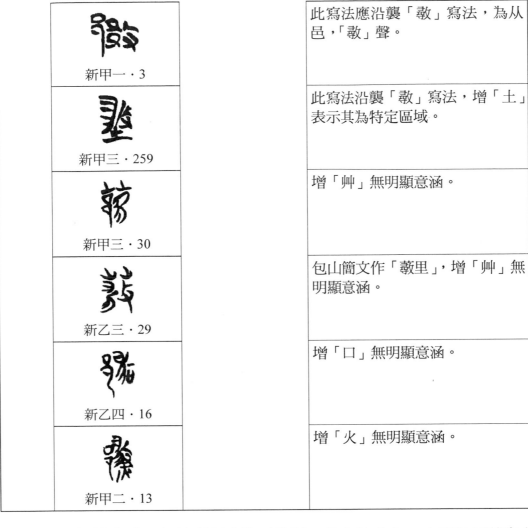

新甲一·3		此寫法應沿襲「敽」寫法，為從邑，「敽」聲。
新甲三·259		此寫法沿襲「敽」寫法，增「土」表示其為特定區域。
新甲三·30		增「艸」無明顯意涵。
新乙三·29		包山簡文作「藪里」，增「艸」無明顯意涵。
新乙四·16		增「口」無明顯意涵。
新甲二·13		增「火」無明顯意涵。

鄯字有多種增繁方式，但並列細分後可發現，其中從「攵」之寫法可能為從「敽」得聲之字，而後當作「鄯鄲」之鄯使用；其中增「土」旁可解，但其餘增「艸」、「口」、「火」等意義不明。

第六章　結　論

　　筆者將有相同增繁情形之楚系簡帛文字分別表列整理，並與各不同時期之字例互相比較。經由逐字分析帶有部件增繁情形之楚系簡帛文字，除分析其字理外，並就其文意觀察該字在文句中所表達之意涵，經分析所篩選出之 171 字例後，共有 121 字中的部件增繁有明顯的增強字義和字音，以及強化所指物品性質、作區別符號之用。而無明顯使用意義共 18 字。因不同因素，如因書寫習慣或隸定訛誤、從某聲而有相同增繁情況等共 32 字。就超過半數的增繁部件與字形或字義有著明顯的相關性看來，筆者認為楚系簡帛文字中的部件增繁並非是無意義的增添，而可將其理解為書寫者在當時漢字結構轉變的過程中，以此種增添部件的方式滿足自身對於漢字的詮釋或結構的補強。而就筆者觀察，楚系簡帛文字中的部件增繁共有四種目的：

　　1. 針對該字的造字字理補充，以完善字義

　　2. 就該字所處的使用情境，增繁部件以強化字義

　　3. 增繁與該字音近之部件，作為標示字音之用

　　4. 做區別符號使用

　　筆者認為這四種增繁目的產生的原因是漢字本身的特點所造就，如同張振林經由「形─義」、「音─義」、「形音義一體」等漢字結構演化階段分析後，

對於「羨符」是春秋後期至戰國時期形聲構字方法造成的偏旁濫用〔註1〕之推測，筆者亦認為因漢字起初為形義構字，其組成即裘錫圭所分析之兩類：

1. 形符：作為象形符號使用，通過自己的形象起表意作用，如人、日。

2. 義符：由已有的字充當表義偏旁，依靠本身的字義來表意，如歪字，是由不和正二字組成。〔註2〕

漢字經由長久的發展與使用，形義構字已不敷使用，於是使用者逐漸尋找及摸索其他替代方案，此時義音構字方式因快速且方便，故被大量使用。此方式雖可較便捷地產生新字形，但卻造成聲符容易被任意替換造成大量一字多形之情況，也因而造成人們對於符號的濫用。根據王寧的分析，以義音為主要構形模式在春秋金文中占 39.6%，而音中表義占 11.9%，兩者相加已有51.5%，至戰國楚文字，音義之構形模式更已占 74%。〔註3〕由此觀之，可知漢字自春秋戰國時已由殷商甲骨文字以形義為主的構形模式開始轉變，此非一朝一夕所成，而是漢字演變的一個必經過程。故可推想戰國文字處於漢字組成結構劇烈轉變之時，形聲造字已漸趨成熟，且已有一定的使用規律，但考慮到漢字最初是以形體表意為初始目的而使用之文字，儘管經歷長時間的使用或改用不同的途徑造字，意符始終是漢字的重要組成成分，當漢字使用者在書寫時，確有可能就本身對於字義的理解而出於對字形的補償心理而有意的增添意符。且自甲骨文觀察，漢字本就有增加部件或改動部件以符合或增強文義之情形。如裘錫圭指甲骨文中「某些表意字往往隨語言環境而改變字形」，〔註4〕此是說明漢字構成中同性質的意符有時可以抽換；劉釗亦舉甲骨文中有「專字」、「隨文改字」〔註5〕等現象，其言：

在一些山名、水名、女名（或族名）上加上表示其屬性的「山」、「水」、「女」旁。這些字的含義範圍很小，都用為專有名詞。〔註6〕

〔註1〕張振林：〈古文字中的羨符──與字音字義無關的筆畫〉《中國文字研究》2001 年第二輯（南寧：廣西教育出版社，2001），頁 126～138。
〔註2〕參考裘錫圭：《文字學概要》（北京：商務印書館，1988），頁 11～12。
〔註3〕參考王寧：《春秋金文構形系統研究》（上海：上海教育出版社，2005），頁 32。
〔註4〕裘錫圭：《文字學概要》（北京：商務印書館，1988），頁 7。
〔註5〕劉釗：《古文字構形學》（福州，福建人民出版社，2006），頁 64～67。
〔註6〕劉釗：《古文字構形學》，頁 65。

又如甲骨文中有問能否執獲羌人，於是將卜辭中的「得」字由從「貝」、從「爪」改作從「𣅏」、從「爪」。以迎合詞句的「得羌」。〔註7〕

　　或如陳斯鵬所言：

> 某詞本已有較為通用的記錄字形，但為了表達或強調它的某種固定
> 意象或語境義，專門造出新的字形，這類字形就稱為專造字。〔註8〕

　　然而意符的使用亦隨著漢字構形重心的演變而有不同的轉變。形符如張振林所言：

> 自覺運用形聲構字的心理，得不到規範用字的法律性約束時，就
> 有可能被濫用，……濫用的前一後果是，出現了許多意類符〔註9〕
> 通用例；濫用的後一後果是，字中出現重疊的意類符（它與後世
> 的增加義符以分化多義字不同），到後世必然規範簡省其中一個意
> 類符。〔註10〕

而義符的使用如陳楓所言：

> 由於古今人們對事物組織認識的差異，義符在這些字中的示意作用
> 也有所不同。在古代認知中，他是字義結構中的核心語素，表示字
> 義指稱對象的類屬。在現代認知中，義符語義不是字義結構中的語
> 素，他是因相似產生聯想，而與字義建立了關係，因而他的示意作
> 用非常有限。〔註11〕

因而楚系簡帛文字中可看出明顯關係的增繁部件確實可將其視作增益意符，其是在文字的原本構形上增加部件使字義能順利表達，就其目的可知並非以形別義，而是為了以形助義。其使用的方式便如同一般意符所擺放的位置，亦可藉此推論，漢字在戰國時期，構字部件擺放的位置已漸趨固定。

〔註7〕參考劉釗：《古文字構形學》（福州，福建人民出版社，2006），頁 66～67。

〔註8〕陳斯鵬：《楚系簡帛中字形與音義關係研究》（北京：中國社會科學出版社，2011），頁 300。

〔註9〕意類符根據作者解釋：因其象形符居多，又常被稱為形符，是以形及類之意。

〔註10〕張振林：〈古文字中的羨符——與字音字義無關的筆畫〉《中國文字研究》2001 年第二輯（南寧：廣西教育出版社，2001），頁 134。

〔註11〕陳楓：《漢字義符研究》（北京：中國社會科學出版社，2006），頁 199～200。

表 6-1　楚系簡帛文字繁增部件擺放位置一覽表

繁增部件	擺放位置	繁增部件	擺放位置
日	下方	食	左側
水	下方、左側	肉	左側、下方
火	下方	糸	左側、下方
土	下方、左側	宀	上方
石	左側	辵	左側
金	左側	彳	左側
女	下方	馬	右側
广	左側	虫	中間
人	左側	艸	上方
又	下方	木	左側、右側、下方
攵	右側	刂	右側
毛	下方	戈	右側
頁	右側	貝	下方
止	下方	玉	左側、右側
臼	下方	卜	右側
宀	上方	示	左側、下方
百	上方	丌	下方
口	左側、右側、下方	于	下方
心	下方	羽	上方
言	下方	坒	左側、右側
臣	下方		

而亦有前輩學者將楚簡中的增繁認為是「同一語境中的同一文獻用字在重複書寫時被刻意差異化的現象」〔註12〕，認為此一現象是書寫者因文獻種類差異造成，認為楚簡包含有「紀念性」、「記錄性」、「古書」三種古文字類型，故在文字的書寫上會使用避複的手段使視覺上較為突出。

而增繁部件與被增繁字之間關係不明顯而被後人認為無義增繁之字，排除追求文字書寫的美觀所造成之因素外，就筆者於楚系簡帛文字中所篩選出之字例所作觀察，可歸納出三種情況：

1. 如某字有增繁情形，從某字得聲之字亦會出現此種增繁情形

〔註12〕劉志基：〈楚簡「用字避複」芻議〉，《古文字研究》第二十九輯（北京：中華書局，2012），頁672。

2. 戰國文字常見的「意近互換」

3. 因對字理的錯誤認知或是雜揉不同構成之書寫方式

楚系簡帛文字中從其得聲亦有增繁情形之字，筆者將其表列如下：

表 6-2　從某字得聲亦有同樣增繁情形之字一覽

有部件增繁情形之字	從其得聲亦有增繁情形之字
僉	斂、險
朋	腒、倗、繃、鵬
夷	鵝
且	組、盧、禮、薑、瘻、鄙
來	轥
且	組、粗
今	肣
丙	恓、輌
己	紀
中	忠
或	惑

然此種書寫方式原因為何不明，或許與當時以形聲為主要造字方式有關。而對字理的錯誤認知亦造成無意義的增繁，如楊樹達所言：

> 凡象形或會意加形旁之字，必與原形重複，其故何也？……蓋一字因後起之義盛行，原始之義漸晦，於是別造一加形旁字以表其原始之義。然原始之義本為原始之形所表，今所加之形既與原始之義有關，自不能越出於原始形以外，故不免於複沓也。〔註13〕

由於對字理錯誤的認識，又或者雜揉不同寫法則又使得兩者的關係又繞了一圈，增添辨識的難度，然而此是因觀看角度不同而言，後世使用者據其年代已久遠，故無法明白其時的文字使用情形，於是便將其定為「無義增繁」。

　　綜上所述，筆者認為戰國楚系簡帛文字中的繁加部件，之所以遭後人以「贅」的概念來看待，將其視為不表音不表意的贅加部件，是自其觀看角度出發對其所做出的定義。因就後世漢字使用者而言，秦漢之後便訂定官方標準字體，且之後各朝代皆有官訂正體字，也因此有了正體字、俗體字以及異

〔註13〕楊樹達：〈釋反〉，《積微居小學述林》（卷二）（北京：中華書局，1983），頁67。

體字的分別。在筆者將楚系簡帛文字中繁增部件的字篩選出來後，可以很明顯的發現其大部分雖未直接影響字義，但間接多有輔助性意味，且其與筆畫增繁有些微不同，筆畫增繁主要是出於針對字形的調整，如前人所整理出的輔助結構布局、表示省略筆畫以及出於美觀意圖，對於字義並無較大的幫助，僅有區別字義之用；且這些無義筆畫在字形線條化、隸化後，間接造成字形混亂，使後世之人解讀或對於字理的了解皆造成一定程度之困擾。亦或是未將就此現象作全面性的觀察所造成。

但就筆者所篩選出之字例觀察後，認為前人所言之「贅旁」，就後人以字形結構角度觀察，的確可理解為多餘之增繁部件，但在當時的使用情形中，其於字義確有輔助的功能，此為古今使用環境及認知差異所造成。筆者認為張再興所提三點可作為部件繁增之產生原因：

1. 普遍性與偶然性

2. 形義特徵與構件的功能分析

3. 發展特徵與字單位的認定〔註14〕

部件增繁之使用對於漢字形體更產生了豐富的變化，且其亦是因為漢字特有的形音義組字發展歷程所造成之必然結果，雖在今人看來為疊床架屋之舉，然而對當時的漢字使用者而言，此種對於字形的再加工除了有視覺上的差異外，增強字義之用亦可輔助閱讀，且此類情形並非完全為楚系簡帛文字獨有，有許多字例可以發現增繁寫法亦出現在楚系不同載體或其他系別之文字中，如丘、陳、僉等等；對現代研究者而言，除可藉由這類增繁部件了解字義及字理，亦有不少字形透過《說文》一書保存下來，如：唫、感收在《說文》口部、心部。井、勞、戶、社、牙收入《說文》古文。更可藉此與《說文解字》一書相互印證並證實其價值及真實性。除了見證漢字形體發展的變化，也可知增繁也是文字分化的一種情形，成功的一類仍舊繼續流傳使用；但未成功的一類便可能消失於歷史長河中，僅能依靠地下文物的出土而重現於世人眼前。

〔註14〕張再興：〈金文語境異體字初探〉，《蘭州學刊》2012 年第 07 期，頁 114～115。

參考書目

一、古　籍（依作者年代遞增排序）

1. （漢）許慎撰、（清）段玉裁注、鍾巫憲編：《新添古音說文解字注》，臺北：洪葉文化事業有限公司，2005。

2. （清）王筠：《說文釋例》，上海：世界書局，1983。

二、專　書（依作者姓名筆畫遞增排序）

1. 《中國錢幣大辭典》編纂委員會編：《中國錢幣大辭典・先秦編》，北京：中華書局，1996。

2. 上海大學古代文明研究中心：《上博館藏戰國楚竹書研究續編》，上海：上海書店出版社，2004。

3. 于省吾：《商周金文遺錄》，北京：科學出版社，1957。

4. 中國社會科學院考古研究所：《殷周金文集成》18 冊，北京：中華書局，1984～1994。

5. 白於藍：《簡牘帛書通假字字典》福州：福建人民出版社，2008。

6. 孔仲溫：《玉篇俗字研究》，臺北：台灣學生書局，2000。

7. 王力：《古代漢語》（修訂本），北京：中華書局，1999。

8. 王恩田：《陶文圖錄》，濟南：齊魯書社，2006。

9. 王寧、羅衛東：《春秋金文構形系統研究》，上海：上海教育出版社，2005。

10. 王寧：《漢字構形學講座》，上海：上海教育出版社，2002。

11. 古文字詁林編纂委員會：《古文字詁林（第一～十二冊）》，上海：上海教育出版社，1999。

12. 朱鳳瀚：《古代中國青銅器》，天津：南開大學出版社，1995。

13. 朱德熙：《朱德熙文集》（五），北京：商務印書館，1999。

14. 何琳儀：《戰國古文字典——戰國文字聲系》，北京：中華書局，1998。

15. 何琳儀：《古幣叢考》，合肥：安徽大學出版社，2002。

16. 何琳儀：《戰國文字通論》，南京：江蘇教育出版社，2003。

17. 吳良寶：《先秦貨幣文字編》，福建：福建人民出版社，2006。

18. 吳建偉《戰國楚音系及楚文字構件系統研究》，濟南：齊魯書社，2006。

19. 宋華強：《新蔡葛陵楚簡初探》，武漢：武漢大學出版社，2010。

20. 李天虹：《楚國銅器與竹簡文字研究》，武漢，湖北教育出版社，2012。

21. 李守奎、曲冰、孫偉龍：《上海博物館藏戰國楚竹書（一～五）文字編》，北京：作家出版社，2007。

22. 李守奎：《楚文字編》，上海：華東師範大學出版社，2003。

23. 李家浩：《著名中年語言學家自選集・李家浩卷》，合肥：安徽教育出版社，2002。

24. 李運富：《楚國簡帛文字構形系統研究》，長沙：岳麓書社，1997。

25. 汪慶正主編、馬承源審校：《中國歷代貨幣大系 1 先秦貨幣》，上海：上海人民出版社，1988。

26. 周曉陸：《二十世紀出土璽印集成》（全三冊），北京：中華書局，2010。

27. 林澐：《古文字研究簡論》，長春：吉林大學出版社，1986。

28. 河南省文物考古研究所編：《新蔡葛陵楚墓》，鄭州：大象出版社，2003。

29. 河南省文物研究所：《信陽楚墓》，北京：文物出版社，1986。

30. 施謝捷：《吳越文字彙編》，南京：江蘇教育出版社，1998。

31. 洪成玉：《古今字》，北京：語文出版社，1995。

32. 唐蘭：《古文字學導論》，濟南：齊魯書社，1981。

33. 孫剛：《齊文字編》，福州：福建人民出版社，2010。

34. 徐中舒：《殷周金文集錄》，四川：人民出版社，1984。

35. 徐在國：《楚帛書詁林》，合肥：安徽大學出版社，2010。

36. 荊門市博物館：《郭店楚墓竹簡》，北京：文物出版社，1998。

37. 馬承源主編：《上海博物館藏戰國楚竹書（一）》，上海：上海古籍出版社，2001。

38. 馬承源主編：《上海博物館藏戰國楚竹書（二）》，上海：上海古籍出版社，2002。

39. 馬承源主編：《上海博物館藏戰國楚竹書（三）》，上海：上海古籍出版社，2003。

40. 馬承源主編：《上海博物館藏戰國楚竹書（四）》，上海：上海古籍出版社，2004。

41. 馬承源主編：《上海博物館藏戰國楚竹書（五）》，上海：上海古籍出版社，2005。

42. 高明：《中國古文字學通論》，北京：北京大學出版社，1996。

43. 高英民、張金乾：《中國古代錢幣略說》，北京：地質出版社，2002。

44. 商承祚、王貴忱、譚棣華合編：《先秦貨幣文編》，北京：書目文獻出版社，1983。

45. 商承祚：《戰國楚竹簡匯編》，濟南：齊魯書社，1995。

46. 張正明：《楚文化史》，上海：上海古籍出版社，1987。

47. 張光裕、袁國華：《包山楚簡文字編》，臺北：藝文印書館，1992。

48. 張光裕、黃德寬：《古文字學論稿》，合肥：安徽大學出版社，2008。

49. 張光裕、滕壬生、黃錫全主編：《曾侯乙墓竹簡文字編》，臺北：藝文印書館，1997。

50. 張光裕：《郭店楚簡研究‧第一卷‧文字編》，臺北：藝文印書館，2006。

51. 張再興：《西周金文文字系統論》，上海：華東師範大學出版社，2004。

52. 張守中、郝建文、孫小滄撰集：《郭店楚簡文字編》，北京：文物出版社，2000。

53. 張守中：《睡虎地秦簡文字編》，北京：文物出版社，1994。

54. 張守中：《包山楚簡文字編》，北京：文物出版社，1996。

55. 張書岩：《異體字研究》，北京：商務印書館，2004。

56. 張涌泉：《漢語俗字研究》，北京：商務印書館，2010。

57. 張素鳳：《古漢字結構變化研究》，北京：中華書局，2008。

58. 張新俊、張勝波：《新蔡葛陵楚簡文字編》，成都：巴蜀書社，2008。

59. 張綱：《中國百病名源考》，北京：人民衛生出版社，1997。

60. 張頷：《古幣文編》，北京：中華書局，1986。

61. 曹錦炎：《鳥蟲書通考》，上海：上海書畫出版社，1999。

62. 曹錦炎：《古代璽印》，北京：文物出版社，2002。

63. 梁東漢：《漢字的結構及其流變》，上海：上海教育出版社，1981。

64. 莊雅洲、黃師靜吟註譯：《爾雅今註今譯》，臺北：臺灣商務印書館，2012。

65. 莊新興：《戰國 印分域編》，上海：上海出版社，2001。

66. 許進雄：《簡明中國文字學》，北京：中華書局，2009。

67. 郭沫若：《周代金文圖錄及釋文》，臺北：大通書局，1957。

68. 郭德維：《楚系墓葬研究》，武漢：湖北教育出版社，1995。

69. 陳世輝、湯餘惠：《古文字學概要》，福州：福建人民出版社，2011。

70. 陳光田：《戰國璽印分域研究》，長沙：岳麓書社，2008。

71. 陳思鵬：《楚系簡帛中字形與音義關係研究》，北京：中國社會科學出版社，2011。

72. 陳偉：《楚地出土戰國簡冊（十四種）》，北京：經濟科學出版社，2009。

73. 陳偉：《楚簡冊概論》，武漢：湖北教育出版社，2012。

74. 陳楓：《漢字義符研究》，北京：中國社會科學出版社，2006。

75. 曾榮汾：《字樣學研究》，臺北：臺灣學生書局，1988。

76. 曾憲通：《長沙楚帛書文字編》，北京：中華書局，1993。

77. 湖北省文物考古研究所、北京大學中文系：《望山楚簡》，北京：中華書局，1995。

78. 湖北省文物考古研究所、北京大學中文系：《九店楚簡》，北京：中華書局，1999。

79. 湖北省文物考古研究所：《江陵九店東周墓》，北京：科學出版社，1995。

80. 湖北省文物考古研究所：《江陵望山沙冢楚墓》，北京：文物出版社，1996。

81. 湖北省荊沙鐵路考古隊：《包山楚簡》，北京：文物出版社，1991。

82. 湖北省博物館：《曾侯乙墓》，北京：文物出版社，1989。

83. 程燕：《望山楚簡文字編》，北京：中華書局，2007。

84. 黃師靜吟：《楚金文研究》，新北市：花木蘭文化出版社，2011。

85. 黃錫全：《古文字與古貨幣文集》，北京：文物出版社，2009。

86. 楊樹達：《積微居小學述林》（卷二），北京：中華書局，1983。

87. 溫少峰、袁庭棟：《殷墟卜辭研究——科學技術篇》，成都：新華書店，1983。

88. 葉玉英：《古文字構形與上古音研究》，廈門：廈門大學出版社，2009。

89. 裘錫圭：《文字學概要》，北京：商務印書館，1988。

90. 賈延柱：《常用古今字通假字字典》，瀋陽：遼寧人民出版社，1988。

91. 鄒芙都：《楚系銘文綜合研究》，成都：巴蜀書社，2007。

92. 趙友文：《小邾國遺珍畫冊》，北京：中國文史出版社，2006。

93. 趙平安：《新出簡帛與古文字古文獻研究》，北京：商務印書館，2009。

94. 趙學清：《戰國東方五國文字構形系統研究》，上海：上海教育出版社，2005。

95. 劉正成主編：《中國書法全集·第 92 卷·先秦璽印卷》，北京：榮寶齋出版社，2003。

96. 劉志基、張再興主編：《中國異體字大系·篆書篇》，上海：上海書畫出版社，2007。

97. 劉志基等主編：《古文字考釋提要總覽（第一、二、三）冊》，上海：上海人民出版社，2008、2010、2011。

98. 劉信芳：《荊門郭店竹簡老子解詁》，臺北：藝文印書館，1999。

99. 劉信芳：《包山楚簡解詁》，臺北：藝文印書館，2003。

100. 劉信芳：《楚簡帛通假匯釋》，北京：高等教育出版社，2011。

101. 劉釗：《郭店楚簡校釋》，福州：福建人民出版社，2005。

102. 劉釗：《古文字構形學》，福州：福建人民出版社，2006。

103. 劉彬徽：《楚系青銅器研究》，武漢：湖北教育出版社，1995。

104. 劉彬徽：《楚系金文彙編》，武漢：湖北教育出版社，2009。

105. 滕壬生：《楚系簡帛文字編》（增訂本），武漢：湖北教育出版社，2008。

106. 蔣善國：《漢字學》，上海：上海教育出版社，1987。

107. 蕭聖中：《曾侯乙墓竹簡釋文補正暨車馬制度研究》，北京：科學出版社，2011。

108. 蕭毅：《楚簡文字研究》，武昌：武漢大學，2010。

109. 鍾柏生、陳昭容、黃銘崇、袁國華合編：《新收殷周青銅器銘文暨器影彙編》，臺北：藝文印書館，2006。

110. 羅振玉：《三代吉金文存》，北京：中華書局，1983。

111. 饒宗頤、曾憲通：《楚帛書》，香港：中華書局香港分局，1985。

三、期刊論文（依作者姓名筆劃遞增排序）

1. 王軍：〈楚系文字形體研究〉，《文字學論叢》第一輯，長春：吉林文史出版社，2001，頁 101～124。

2. 王輝：〈研究古文字通假字的意義及應遵循的原則〉，《中國文字研究》2009 第一輯，鄭州：大象出版社，2009，頁 1～12。

3. 何琳儀：〈新蔡竹簡選釋〉，《安徽大學學報（哲學社會科學版）》第 2004 年第 3 期，頁 9。

4. 吳建偉、王霞：〈戰國楚文字常用羨符再探〉，《中國文字研究》2008 年第二輯，

鄭州：大象出版社，2008，頁 90～93。

5. 李先登〈三論漢字的起源與形成〉，《古文字研究》第二十七輯，北京：中華書局，2008，頁 16。

6. 李守奎、邱傳亮〈包山簡文字考釋四則〉，《中國文字研究》第十六輯，上海：上海人民出版社，2012，頁 73～74。

7. 李圃：〈中國正統文字的發端──殷商甲古文字在中國文字發展史上的地位〉，《中國文字研究》第四輯，南寧：廣西教育出版社，2003，頁 17。

8. 李運富、張素鳳：〈漢字性質綜論〉，《北京師範大學學報（社會科學版）》2006 年第一期（總第 193 期），北京：北京師範大學，2006，頁 76。

9. 李零：〈戰國銅器銘文編年匯釋〉，《古文字研究》第十三輯，北京：中華書局，1986，頁 353～397。

10. 李零：〈論東周時期的楚國典型銅器群〉，《古文字研究》第十九輯，北京：中華書局，1992，頁 136～178。

11. 李零：〈楚國銅器略說〉，《江漢考古》1998 年第 4 輯，湖北：湖北省文物考古研究所，1998，頁 69～78。

12. 李零：〈《長沙子彈庫戰國楚帛書研究》補正〉，《古文字研究》第二十輯，北京：中華書局，2000，頁 154～178。

13. 李學勤：〈戰國題銘概述（上）〉，《文物》，1959 年第 7 期，頁 50～54。

14. 李學勤：〈戰國題銘概述（中）〉，《文物》，1959 年第 8 期，頁 60～63。

15. 李學勤：〈戰國題銘概述（下）〉，《文物》，1959 年第 9 期，頁 58～62。

16. 林志強、龔雪梅〈漢字理據的顯隱與漢字和漢語的內在關係〉，《中國文字研究》第十三輯，鄭州：大象出版社，2010，頁 134～138。

17. 侯占虎：〈說「刑」兼說「井」〉，《中國文字研究（第一輯）》，南寧：廣西教育出版社，1999，頁 333。

18. 姚孝遂：〈古漢字的形體結構及其發展階段〉，《古文字研究》第四輯，北京：中華書局，1980，頁 7～89。

19. 孫偉龍：〈楚文字「男」、「耕」、「靜」、「爭」諸字考辨〉，《中國文字研究》總第十一輯鄭州：大象出版社，2008，頁 129～136。

20. 徐富昌：《上博楚竹書〈周易〉異體字簡考》，《古文字研究》第二十七輯，北京：中華書局，2008，頁 457～458。

21. 徐富昌：〈戰國楚簡異體字類型舉隅──以上博楚竹書為中心〉，《台大中文學報》34 期，2011，頁 55～92。

22. 袁國華：〈「包山楚簡」文字考釋〉，《第二屆國際中國古文字學研討會論文集》，香港：香港中文大學中國語言及文學系，1993。

23. 馬國權：〈戰國楚竹簡文字略說〉，《古文字研究》第三輯，北京：中華書局，1981，頁 153～159。

24. 高開貴：〈略論戰國時期文字的繁化與簡化〉，《江漢考古》1988·4，頁 104～114。

25. 張世超：〈楚文字札記〉，《古文字研究》第二十九輯，北京：中華書局，2012，頁 588～589。

26. 張再興:〈金文語境異體字初探〉,《蘭州學刊》2012·07 期,頁 111～115。

27. 張亞初:〈古文字分類考釋論稿〉,《古文字研究》第十七輯,北京:中華書局,1989,頁 230～267。

28. 張振林:〈古文字中的羨符──與字音字義無關的筆畫〉,《中國文字研究》2001第二輯,南寧:廣西教育出版社,2001,頁 126～138。

29. 陳治軍:〈「甾雨」與「釜朱」〉,《中國錢幣》2013 第 5 期,北京:北京報刊發行局,2013。

30. 陳偉武:〈新出楚竹簡中的專用字綜議〉,《華學》第六輯,北京:紫禁城出版社,2003,頁 99～106。

31. 陳斯鵬:〈論周原甲骨和楚系簡帛中的「囟」和「思」──兼論卜辭的性質〉,《第四屆國際中國古文字學研討會論文集》,香港中文大學中國語言及文學系,2003年 10 月,頁 410～411。

32. 陳斯鵬:〈略論楚簡中字形與詞的對應關係〉,《出土文獻與古文字研究》第一輯,上海:復旦大學出版社,2006,頁 210～233。

33. 湯餘惠:〈戰國文字考釋(五則)〉,《古文字研究》第十輯,北京:中華書局,1983,頁 285～287。

34. 湯餘惠:〈略論戰國文字形體研究中的幾個問題〉,《古文字研究》第十五輯,北京:中華書局,1986,頁 9～100。

35. 黃德寬:〈曾姬無卹壺銘文新釋〉,《古文字研究》第二十三輯,北京:中華書局,2002,頁 104。

36. 黃錫全:〈「𣥏郢」辨析〉,《楚文化研究論集》(第二集),湖北:湖北人民出版社,1991,頁 311～324。

37. 黃錫全:《楚系文字略論》,《古文字論叢》,臺北:藝文印書館,1999,頁 345～356。

38. 黃錫全:〈楚都「鄩郢」新探〉,《江漢考古》2009 年第 2 期,頁 88～92。

39. 楊華:〈新蔡祭禱簡中的兩個問題〉,《簡帛》第二輯,上海:上海古籍出版社,2007,頁 357～370。

40. 裘錫圭:〈說卜辭的焚巫尪與作土龍〉,《甲骨文與殷商史》(上海:上海古籍出版社,1983),頁 21～35。

41. 裘錫圭:〈釋戰國楚簡中的「昏」字〉,《古文字研究》第二十六輯,北京:中華書局,2006,頁 250～256。

42. 趙平安:〈漢字形體結構圍繞字音字義的表現而進行的改造〉,《中國文字研究》1999 第一輯,南寧:廣西教育出版社,1999,頁 61～86。

43. 趙平安:〈釋楚國金幣中的「彭」字〉,《語言研究》第 24 卷第 4 期(武漢:華中科技大學,2004),頁 35～37。

44. 劉志基:〈簡說古文字異體字的發展演變〉,《中國文字研究》2009 第一輯,鄭州:大象出版社,2009,頁 36～46。

45. 劉志基:〈楚簡「用字避複」芻議〉《古文字研究》第二十九輯,北京:中華書局,2012,頁 672。

46. 劉志基：〈先秦出土文獻字頻狀況的古文字研究認識價值〉，《中國文字研究》第十八輯，上海：上海人民出版社，2013，頁 13〜21。

47. 劉彬徽：〈湖北出土兩周金文國別年代考述〉，《古文字研究》第十三輯，北京：中華書局，1986，頁 239〜351。

48. 劉彬徽：〈湖北出土的兩周金文國別與年代補記〉，《古文字研究》第十九輯，北京：中華書局，1992，頁 179〜195。

49. 劉彬徽：〈楚國有銘銅器編年概述〉，《古文字研究》第九輯，北京：中華書局，1984，頁 331〜372。

50. 禤健聰：〈楚簡文字補釋五則〉，《古文字研究》第二十六輯，北京：中華書局，2006，頁 364〜365。

51. 蔡哲茂：〈說殷卜辭中的「圭」字〉，《漢字研究》（第一輯）（北京：學苑出版社，2005），頁 308〜315。

52. 羅運環：〈釋包山楚簡或宦敓三字及相關制度〉，《簡帛研究 2002、2003》，桂林：廣西師範大學出版社，頁 6〜12。

53. 羅運環：〈葛陵楚簡鄩郢考〉，《古文字研究》第二十七輯，北京：中華書局，2008，頁 498〜500。

54. 羅運環：〈論楚文字的演變規律〉《出土文獻與楚史研究》，北京：商務印書館，2011，頁 9〜21。

四、學位論文（依作者姓名筆畫遞增排序）

1. 沈之傑：《楚簡帛文字研究——形聲字初探篇》，上海：華東師範大學碩士論文，2005。

2. 周輝：《古漢字增繁現象初探》，合肥：安徽大學碩士論文，2000。

3. 林素清：《先秦古璽文字研究》，臺北：台灣大學碩士論文，1975。

4. 林清源：《楚國文字構形演變研究》，臺中：東海大學博士論文，1997。

5. 胡志明：《戰國文字異體現象研究》，福州：福建師範大學博士論文，2010。

6. 孫偉龍：《《上海博物館藏戰國楚竹書》文字羨符研究》，長春：吉林大學博士論文，2009。

7. 張傳旭：《楚文字形體演變的現象與規律》，北京：首都師範大學博士論文，2002。

8. 張靜：《郭店楚簡文字研究》，合肥：安徽大學博士論文，2002。

9. 湯志彪：《三晉文字編》，長春：吉林大學博士論文，2009。

10. 韓同蘭：《戰國楚文字用字調查》，上海：華東師範大學博士論文，2003。

五、網路資源（依作者姓名及資料庫名稱筆畫遞增排序）

1. 小學堂，http://xiaoxue.iis.sinica.edu.tw/

2. 王紅星：〈楚郢都探索的新線索〉《簡帛網》2011 年 6 月 1 日，
   http://www.bsm.org.cn/show_article.php?id=1484

3. 王凱博：《上博八文字編》，2012 年 01 月，

http://www.gwz.fudan.edu.cn/srcshow.asp?src_id=1765

4. 先秦甲骨金文簡牘詞彙資料庫，http://inscription.sinica.edu.tw/c_index.php

5. 宋華強：〈論楚簡中「卒歲」、「集歲」的不同〉《簡帛研究網站》2005 年 11 月 20 日，http://www.jianbo.org/admin3/2005/songhuaqiang003.htm

6. 沈培：〈從戰國簡看古人占卜的「蔽志」——兼論「移祟」說〉復旦大學出土文獻與古文字研究中心 200716/16，

http://www.gwz.fudan.edu.cn/SrcShow.asp?Src_ID=212

7. 殷周金文暨青銅器資料庫，https://app.sinica.edu.tw/bronze/qry_bronze.php

附錄一　第四章收錄字例之文例

　　以下將本文自《楚系簡帛文字編》、《上海博物館藏戰國楚竹書1～5文字編》兩書所選字例之文例表列而出，並列出筆者所檢索之參考書目來源頁碼，以便讀者與第四、五章對讀，為使表格簡潔，參考書目皆代以簡稱，簡稱一覽如下表：

書　　　名	簡　　稱
《九店楚簡》	九
《上海博物館藏戰國楚竹書（一）》	上（一）
《上海博物館藏戰國楚竹書（二）》	上（二）
《上海博物館藏戰國楚竹書（三）》	上（三）
《上海博物館藏戰國楚竹書（五）》	上（五）
《上海博物館藏戰國楚竹書（四）》	上（四）
《包山楚簡解詁》	包
《信陽楚墓》	信
《望山楚簡》	望
《郭店楚簡校釋》	郭
《曾侯乙墓竹簡釋文補正暨車馬制度研究》	曾
《新蔡葛陵楚簡初探》	新
《楚系簡帛文字編》	楚簡
《楚系簡帛釋例》	釋例

《楚帛書》	帛
《戰國楚竹簡匯編》	匯

第一節　自然類

一、土（正文頁 62）

增偏旁字	有此寫法之簡	用　法	出　處
丘	包二・237、241 篁之高坴、下坴各一全篆	作「山丘」	包頁 240、241
	上（四）・采・2 《要坴又瞉》	作「曲目名」	上（四）頁 165
	上（五）・季・9 坴峕（之所）昏	作「人名」	上（五）頁 215
夷	曾 131 墨絀之瞭	作「人名」解	曾頁 104
	包二・28 贅尹之司敗邿呇墨受晉	作「人名」解	包頁 42
	包二・124 司豐之墨邑人	作「地名」解	包頁 115
鵝	天策 騴羽之鵣	作「鳥名」解	楚簡頁 375
	上（五）・競・2 又騴皀（雛）	作「雉」解	上（五）頁 169
缶	包二・255 窨（蜜）某（梅）一赶（缶）	作「容器」解	包頁 258
朋	天策 緌組之塴	作「倫比、相類」解	楚簡 1140
	郭・語四・14 必先與之以為塴	作「朋友」解	郭頁 230
	上（一）・紂・23 塴睿卣（攸）図＝（攝攝）目威義（儀）	作「朋友」解	上（一）頁 198
	上（二）・容・49 文王塴	通「崩」	上（二）頁 289
	上（三）・中・19 山乂塴	通「崩」	上（三）頁 277

佣	包二‧173 黃傰	人名、通「凭」	包頁 198
	包二‧260 一傰几	通「凭」	包頁 275
	郭‧緇‧45 傰（朋）畗卣（攸）奘（攝）	作「朋友」解	郭頁 67
	郭‧六‧30 為宗族（瑟）傰晉	作「朋友」解	郭頁 116
	上（五）‧競‧1、2、5、9、10 級（隰）傰	作「人名」	上（五）頁 166、169、171、175、176
	上（五）‧鮑‧9 級（隰）傰	作「人名」	上（五）頁 191
腮	包二‧190 鄴郢	作「地名」解	包頁 179
綳	天策 生絵之繃	作「成串的」解	楚簡 1083
	天策 怀繃	作「成串的」解	楚簡 1083
	天策 紫繃	作「成串的」解	楚簡 1083
	天策 林繃之緃	作「成串的」解	楚簡 1083
	包二‧219 叔（且）為巫繃瑚	作「成串的」解	包頁 234
	包二‧244 觀繃	作「人名」解	包頁 241
遷	上（五）‧鮑‧2 遷（珊）亓所目荒（葬）	作「珊」，通「崩」	上（五）頁 183
禹	九‧五六‧39 下 嗌凄蚉之火	作「大禹」解	九頁 102
	郭‧緇‧12 蚉立三年	作「大禹」解	郭頁 56
	郭‧尊‧5 蚉（禹）以人道訂（治）其民	作「大禹」解	郭頁 126
	郭‧尊‧6 蚉之行水	作「大禹」解	郭頁 126

郭·成·33 大壘曰	作「大禹」解	郭頁143
郭·唐·10 壘訂（治）水	作「大禹」解	郭頁154
上（一）·紂·7 壘立厽（三）年	作「大禹」解	上（一）頁181
上（二）·子·10 是壘也	作「大禹」解	上（二）頁193
上（二）·容·17 壘乃五讓郎天下之取（賢）者	作「大禹」解	上（二）頁263
上（二）·容·18 壘聖（聽）正（政）三年	作「大禹」解	上（二）頁263
上（二）·容·18 壘乃因山陸（陵）坪（平）隰之可坿（封）邑	作「大禹」解	上（二）頁263
上（二）·容·20 壘肰（然）句（後）訂（始）爲之唐（號）羿（旗）	作「大禹」解	上（二）頁265
上（二）·容·21 壘肰（然）句（後）訂（始）行目（以）膏（儉）	作「大禹」解	上（二）頁266
上（二）·容·22 壘乃建鼓於廷	作「大禹」解	上（二）頁267
上（二）·容·23 乃立壘目（以）爲司工。壘既已	作「大禹」解	上（二）頁268
上（二）·容·24 壘親埶（執）枌（畚）妃（耜）	作「大禹」解	上（二）頁268
上（二）·容·25 壘迵（通）淮與忻（沂）	作「大禹」解	上（二）頁269
上（二）·容·26 壘乃迵（通）三江五沽（湖）	作「大禹」解	上（二）頁270
上（二）·容·27 壘乃迵（通）經（涇）與渭	作「大禹」解	上（二）頁271
上（二）·容·33 壘又（有）子五人	作「大禹」解	上（二）頁276
上（二）·容·34 壘於是唐（乎）壞（讓）益	作「大禹」解	上（二）頁276

	上（四）·曹·65 隹（唯）舑（聞）夫琞、康（湯）、傑（桀）	作「大禹」解	上（四）頁285
	上（五）·君·14 肰則叹於琞	作「大禹」解	上（五）頁263
	上（五）·君·15 琞紀天下之川	作「大禹」解	上（五）頁263
	上（五）·鬼·1 昔者堯埊琞湯	作「大禹」解	上（五）頁310
萬	郭·老丙·13 臺勿（物）之自肰（然）	極言其多	郭頁41
	郭·太·7 臺勿（物）母	極言其多	郭頁45
	郭·緇·13 蔓民購（賴）之	極言其多	郭頁56
	上（一）·紂·1 蔓邦复（作）及	極言其多	上（一）頁174
	上（一）·紂·8 蔓民	極言其多	上（一）頁182
	上（二）·子·1 坪（平）蔓邦	極言其多	上（二）頁84
	上（二）·民·14 目畜蔓邦	極言其多	上（二）頁175
	上（二）·容·51 帶甲蔓人	極言其多	上（二）頁290
	上（三）·中·3 蔓人	極言其多	上（三）頁265
	上（四）·曹·5 敀（曹）蔓（沬）	通「沬」	上（四）頁246
	上（四）·曹·12、61、63 蔓民	極言其多	上（四）頁251、283、284
	上（五）·鮑·6 蔓輮之邦	極言其多	上（五）頁187
	上（五）·君·11 蔓室之邦	極言其多	上（五）頁261
寙	包二·157 車輨圣斯牢审之斯古斯窥於竽駐偣竽之畕貣解	作「人名」解	包頁164

	包二・166 惧王窀臧嘉	作「官職名」解	包頁 60
	包二・172 惧王之窀人	作「官職名」解	包頁 60
	包二・174 肅王窀人廖亞夫	作「官職名」解	包頁 198
陳	新甲三・27 齊客隥（陳）異至（致）福於王之歲	作「人名」解	新頁 397
	新甲三・175 肥陵隥豬述	作「人名」解	新頁 447
	新零・165、19 隥異	作「人名」解	新頁 400
	新乙一・4、10、乙二・12 遧（就）禱隥宗一猪	作神靈名解 374	新頁 374
	上（四）・昭・3 辻命尹隥省	作「人名」解	上（四）頁 184
豢	新甲三・363 一甕	作「祭品」解	新頁 450
	新甲三・325-1 ☐蒢一甕	作「祭品」解	新頁 451
	新甲三・275 中邑目（以）甕	作「祭品」解	新頁 457
	包二・203 各戠（特）甕	作「祭品」解	包頁 215
雷	包二・85 靊牢	作「人名」解	包頁 82
	上（二）・容・13 魚（漁）於靊澤	作「雷澤」	上（二）頁 259
障	上（四）・曹・43 行堅（阪）淒（濟）障	作「堤防」解	上（四）頁 271
難	曾 174 難馴為古騂	作「馬名」解	119
	郭・老甲・14 大少（小）之多惕（易）必多難（難）	作「困難」解	郭頁 14
	郭・老甲・15 古（故）終亡難（難）	作「困難」解	郭頁 14

二、日（正文頁69）

增偏旁字	有此寫法之簡	用　法	出　處
友	天卜 期审牅達尻為友	作「朋友」解	楚簡頁286
	郭・緇・42 古（故）君子之友也	作「朋友」解	郭頁66
	郭・緇・45 偠（朋）沓卣（攸）奨（攝）	作「朋友」解	郭頁67
	郭・六・28 為宗族也，為弸（朋）沓	作「朋友」解	郭頁116
	郭・六・30 不為壣（朋）沓祈（瑟）宗族	作「朋友」解	郭頁116
	郭・語一・80 長弟，親道也。沓君臣	作「朋友」解	郭頁194
	郭・語一・87 君臣、朋沓，亓（其）罜（擇）者也。	作「朋友」解	郭頁194
	郭・語三・6 沓，君臣之衍（道）也。長弟，孝	作「朋友」解	郭頁211
	上（一）・紂・22 古（故）君子之沓也又（有）	作「朋友」解	上（一）頁197
	上（一）・紂・23 朢（朋）沓卣（攸）図（攝）	作「朋友」解	上（一）頁198
机	信二・08 一房栺	作「机」解	信頁129
僉	望二・48 七商僉（劍）	通「劍」字	望頁116
	望二・48 七僉（劍）繡（帶）	通「劍」字	望頁118
	郭・老甲・5 咎莫僉（憯）虖（乎）谷（欲）得	讀作「險」，危險	郭頁7
	郭・性・26 則免（勉）女（如）也旱（斯）僉	作「收斂」	郭頁97
	郭・性・64 悥（憂）谷（欲）僉（斂）而毋惛（昏）	有「節儉、控制」之意	郭頁106
	上（一）・孔・3 大僉（斂）材安（焉）	通「斂」	上（一）頁129

	上（一）·紂·14 大夫舅（恭）盧（且）龠（僉）	通「僉」	上（一）頁190
	上（二）·容·35 厚忢（施）而泊（薄）龠（斂）安（焉）	通「斂」	上（二）頁277
	上（四）·曹·8 共（恭）龠（僉）	通「僉」	上（四）頁248
	上（五）·鮑·7 厚其龠（斂）	通「斂」	上（五）頁189
險	上（二）·從（甲）·19 行隌（險）至（致）命	作「險」解	上（二）頁232
斂	包二·149 陵迉尹塙以楊虎歛（斂）闈（關）金 於邡敓	作「賦斂、征賦」 解	包頁151
	郭·緇·26 大夫共（恭）叔（且）軡（僉），赫（靡） 人不斂。」	作「收斂」解	郭頁106
	上（一）·紂·14 赫（靡）人不斂	通「僉」	上（一）頁190

三、水（正文頁 71）

增偏 旁字	有此寫法之簡	用　法	出　處
井	九·五六·27 舀（鑿）汬（井）、行水事	作「水井」解	九頁82
	上（三）·周·44、45 汬卦	作「阱」解	上（三）頁196、 197
泉	郭·成·14 窮澡（源）反杏（本）者之貴	作「源」解	郭頁140
	上（三）·周·45 寒澡飮	作「泉水」解	上（三）頁198

四、石（正文頁 72）

增偏 旁字	有此寫法之簡	用　法	出　處
缶	包二·255 躬酋一砙	作「容器」解	包頁258

	包二・255 睿一磁	作「容器」解	包頁 258
	包二・255 蘞菀二磁	作「容器」解	包頁 258
	包二・255 酉蘵之蘞一磁	作「容器」解	包頁 258

五、金（正文頁 73）

增偏旁字	有此寫法之簡	用　法	出　處
矢	包二・277 廿₌鈇	作「箭頭」解	包頁 318

第二節　人體類

一、人（正文頁 74）

增偏旁字	有此寫法之簡	用　法	出　處
兄	上（四）・內・4 古為人倪者	作「兄弟」之「兄」解	上（四）頁 222
	上（四）・內・5 與倪言₌戀俤	作「兄弟」之「兄」解	上（四）頁 224
	上（四）・內・6 與俤言₌承倪	作「兄弟」之「兄」解	上（四）頁 224
弟	九・五六・25 無俤	作「兄弟」之「弟」解，此為占辭	九頁 79
	包二・227 懇禱蚚俤無逸者	作「兄弟」之「弟」解	包頁 239
	上（二）・民・1 幾（凱）俤君子，民之父母	通「悌」	上（二）頁 154
	上（二）・昔・1 君之母俤是相	作「兄弟」之「弟」解	上（二）頁
	上（四）・逸・1 戠俤君子	通「悌」	上（四）頁 174
	上（四）・逸・2 戠俤	通「悌」	上（四）頁 175

	上（四）·內·4、5、6 戀俤	作「兄弟」之「弟」解	上（四）頁223、224
	上（四）·內·10 俤，民之經也	通「悌」	上（四）頁228
	上（五）·季·15 父兄子俤而再	作「兄弟」之「弟」解	上（五）頁223
長	帛甲四 倀曰青榦	作「長幼」之「長」解	帛頁185
	九·五六·36 倀子吉	作「長幼」之「長」解	九頁99
	九·五六·38下 倀子受丌（其）咎	作「長幼」之「長」解	九頁50
	九·五六·46 芒（亡）倀子	作「長幼」之「長」解	九頁51
	天卜 倀需	卜具	楚簡頁749
	包二·163 楚昕族倀垮	作「人名」解	包頁169
	郭·緇·6 下難智（知）則君倀裝（勞）	作「上位者」解	郭頁54
	郭·緇·11 古（故）倀民者	作「統率」解	郭頁56
	郭·緇·16 倀民者衣備（服）不改	作「上位者」解	郭頁58
	郭·緇·23 倀民者歔（教）之以悳（德）	作「上位者」解	郭頁60
	郭·五·8 思不倀不型（形）	作「長久」解	郭頁75
	郭·五·9 思不能倀	作「長久」解	郭頁75
	郭·五·14 智之思也倀	作「長久」解	郭頁75
	郭·性·7 牛生而倀	作「生長」解	郭頁93
	上（四）·柬·19 倀子㱃正	作「無所適從」解	上（四）頁212

上（四）・曹・18 所目為倀也	作「上位者」解	上（四）頁 254
上（四）・曹・25 凡又司銜（率）倀	疑作「伍長、什長、卒長」解	上（四）頁 259
上（四）・曹・28 卒又倀	作「兵長」解	上（四）頁 261
上（四）・曹・35 毋倀于父踁	作「凌駕」解	上（四）頁 266
上（四）・曹・36 吏（使）倀百人	作「卒長」解	上（四）頁 266

二、又（正文頁 75）

增偏旁字	有此寫法之簡	用　法	出　處
相	九・五六・45 凡槙坦	通「置」	九頁 110
	望一・7 鹽豹目槙豢	作「卜筮道具」解	望頁 89
	包二・149 陵迀尹之槙塦余可內之	作「職官」名	包頁 153
	郭・窮・6 而為者（諸）侯槙	作「職官」名	郭頁 168
	上（四）・柬・9、10、15 槙屦	作「職官」名	上（四）頁 203
	上（四）・相・2 可胃槙邦	作「相」解，輔助	上（四）頁 235
	上（四）・相・4 槙邦之道	作「相」解，輔助	上（四）頁 235
	上（五）・弟・18 為者（諸）侯槙戠（矣）	作「職官」名	上（五）頁
害	郭・老甲・28 亦不可得而叡	作「得害」解	郭頁 22
組	新甲三・361、344-2 劂於叩瞁緅二貼	作「地名」解	新頁 448
	新甲三・253 ☐緅。霜（喪）者甫☐	作「組」解	新頁 466
	上（五）・弟・15 啙告女，其緅（阻）禣（絕）啙	通「阻」	上（五）頁 276

	仰二五·24 —繖繀	作「絲帶」解	匯頁 71
虘	帛丙六 虘司頾（夏）	作「鬼神名」解	釋例頁 303
	帛丙六·2 曰虘	作「鬼神名」解	釋例頁 303
	望一·75 虘又□▨	作「連詞，且」解	望頁 74
	天卜 虘又外惡	作「連詞，且」解	楚簡頁 281
	天卜 虘又惡於東方	作「連詞，且」解	楚簡頁 281
	包二·67 不軋厶虘逿其田以至命	作「連詞，且」解	包頁 67
	包二·69 雫虘	作「人名」解	包頁 68
	包二·138 連虘	作「人名」解	包頁 127
	包二·155 競慶為大司城欴客，虘政五連之邑	作「連詞，且」解	包頁 160
	包二·196 舍相虘	作「人名」解	包頁 184
	包二·198 虘（且）志事少逗得	作「連詞，且」解	包頁 209
	包二·210、217 虘外又不訓	作「連詞，且」解	包頁 224、225
	包二·211 叡敓於宮室	作「連詞，且」解	包頁 224
	包二·213 虘又（有）愿（感）於窮（躬）身	作「連詞，且」解	包頁 225
	包二·219 虘為害繂繡	作「連詞，且」解	包頁 232
	包二·244 虘桓	通「俎」	包頁 241
	包二·250 虘逻其尻而桓之	作「連詞，且」解	包頁 250
	新甲一·17 旣城（成）虘▨	作「連詞，且」解	新頁 438

新甲二・19、20 ☐虖君必遷（徙）凥（處）安善	作「連詞，且」 解	新頁 395
新甲三・138 虖禱也	作「連詞，且」 解	新頁 416
新甲三・153 宜少（小）迲（遲）虖（瘥）☐	通「瘥」	新頁 389
新甲三・198、199-2 虖疠不出	作「連詞，且」 解	新頁 395
新甲三・233、190 虖心悶	作「連詞，且」 解	新頁 422
新甲三・207 虖祭之目（以）一猎於東陵	作「連詞，且」 解	新頁 436
新甲三・269 虖祭之	作「連詞，且」 解	新頁 436
新甲三・291-1 以疾虖痕（脹）脹	作「連詞，且」 解	新頁 393
新甲三・401 於九月鴈（薦）虖禱之	作「連詞，且」 解	新頁 431
新乙一・11 樂虖贛（貢）之	作「連詞，且」 解	新頁 420
新乙四・80 酉（酒）食。虖☐	作「連詞，且」 解	新頁 437
新零・331-1 ☐樂虖贛（貢）之	作「連詞，且」 解	新頁 433
新零・452 喟（皆）告虖禱之☐	作「連詞，且」 解	新頁 432
上（一）・孔・6 貴虖㬎（顯）矣	作「連詞，且」 解	上（一）頁 133
上（二）・容・27 虖洲	作「地名」解	上（二）頁 271
上（三）・周・37 僨虖輨（乘）	作「連詞，且」 解	上（三）頁 186
上（四）・柬・19 聖人虖良	作「連詞，且」 解	上（四）頁 212
上（四）・曹・14、18、28 虖臣龢之	作「連詞，且」 解	上（四）頁 252、 254、261
上（四）・曹・16 卡=和虖肙（輯）	作「連詞，且」 解	上（四）頁 253

	上（四）·曹·45 賞識（淺）虘不中	作「連詞，且」 解	上（四）頁 273
	上（五）·季·4 虘笑（管）中（仲）	作「連詞，且」 解	上（五）頁 206
	上（五）·季·14 虘夫歔含之失＝	作「連詞，且」 解	上（五）頁 222
	上（五）·三·13 身虘有瘥（病）	作「連詞，且」 解	上（五）頁 297
	上（五）·鬼·5、6 「虘荅唬」	指口裡瞬間發出 的聲音	上（五）頁 324
薦	秦一三·8 以坒鼄□蘦連鼂□		楚簡頁 72
	包二·154 王所舍新大厩以薝蘦之田	作「草名」解	包頁 158
	包二·255 萬蘦一砧	通「菹」，醃菜	包頁 259
	包二·255 茜苽之蘦一砧	通「菹」，醃菜	包頁 259
	包簽 菁苽蘦	通「菹」，醃菜	包頁
	仰二五·34 一新智縷一悆智縷皆又蘦	作「苴」解	匯頁 56
	上（四）·曹·56 曰固，曰蘦	通「阻」	上（四）頁 280
禠	天卜 纍禠	作「詛」解	楚簡頁 221
	新甲三·231 □於纍（盟）禠□□	作「詛」解 380	新頁 380
瘴	望一·61 疾迡瘴	通「瘥」，作「痊 癒」解	望頁 73
	望一·62 □又攉迡瘴	通「瘥」，作「痊 癒」解	望頁 73
	望一·63 □少迡瘴	通「瘥」，作「痊 癒」解	望頁 73
	望一·150 迻瘴	通「瘥」，作「痊 癒」解	望頁 81
	天卜 由江解於纍瘴與坦死	通「瘥」，作「痊 癒」解	楚簡頁 710

天卜 安良瘧	通「瘥」，作「痊 癒」解	楚簡頁 710
天卜 少追瘧	通「瘥」，作「痊 癒」解	楚簡頁 710
天卜 ☐追瘧又縈	通「瘥」，作「痊 癒」解	楚簡頁 710
天卜 追瘧	通「瘥」，作「痊 癒」解	楚簡頁 710
秦一・3 至新父句由紫之疾速瘧	通「瘥」，作「痊 癒」解	楚簡頁 710
秦九九・1、14 速瘧	通「瘥」，作「痊 癒」解	楚簡頁 710
包二・51 陰矦之正差訣瘧受旨	作「人名」解	包頁 57
包二・58 苛瘧	作「人名」解	包頁 60
包二・189 鄭君之州加公石瘧	作「人名」解	包頁 179
包二・218 病良瘧瘧	通「瘥」，作「痊 癒」解	包頁 233
包二・220 病速瘧	通「瘥」，作「痊 癒」解	包頁 233
包二・236 不甘飤舊不瘧尚速瘧，……疾難瘧	通「瘥」，作「痊 癒」解	包頁 240
包二・239 不甘飤，尚速瘧	通「瘥」，作「痊 癒」解	包頁 240
包二・240 遞瘧	通「瘥」，作「痊 癒」解	包頁 241
包二・242、247 舊（久）不瘧尚速瘧	通「瘥」，作「痊 癒」解	包頁 241、242
包二・245 尚速瘧毋又柰	通「瘥」，作「痊 癒」解	包頁 241
新甲一・24 ☐疾，尚速瘧	通「瘥」，作「痊 癒」解	新頁 389
新甲三・22、59 迷（速）瘳迷（速）瘧	通「瘥」，作「痊 癒」解	新頁 442
新甲三・160 未聿八月疾必瘧	通「瘥」，作「痊 癒」解	新頁 386

	新甲三・194 尚速瘲	通「瘥」，作「痊 癒」解	新頁 382
	新甲三・265 ☑迖（遲）恚瘲	通「瘥」，作「痊 癒」解	新頁 390
	新甲三・212、199-3 ☑瘲	通「瘥」，作「痊 癒」解	新頁 391
	新甲三・256 ☑瘲	通「瘥」，作「痊 癒」解	新頁 390
	新乙二・2 宜少（小）迖瘲	通「瘥」，作「痊 癒」解	新頁 289
	新零・330 迖（遲）瘲	通「瘥」，作「痊 癒」解	新頁 440
	上（四）・柬・20 君王之瘲從今日已瘲	作「病」解	上（四）頁 213
鄘	包二・28 鄘邑公遠忻	作「地名」解	包頁 42
	包二・106、116 鄘陵攻尹產	作「地名」解	包頁 100

三、口（正文頁 78）

增偏 旁字	有此寫法之簡	用　法	出　處
凡	上（二）・從（甲）・9 凸此七者	作「凡」解	上（二）頁 223
己	郭・尊・10 又（有）智（知）㠱而不智（知）命 者	作「自己」解	郭頁 127
	郭・成・10 是古（故）君子之求者（諸）㠱也深	作「自己」解	郭頁 140
	郭・成・19 戚（就）反者（諸）㠱而可以智（知） 人	作「自己」解	郭頁 142
	郭・成・20 谷（欲）人之敬㠱也	作「自己」解	郭頁 142
	郭・成・20 是古（故）谷（欲）人之惡（愛）㠱 也	作「自己」解	郭頁 142

	郭‧成‧38 言訢（慎）求之於吕	作「自己」解	郭頁 146
	郭‧窮‧15 古（故）君子憚於恆吕	作「自己」解	郭頁 175
	郭‧語一‧72 而亡非吕取之者	作「自己」解	郭頁 193
	郭‧語四‧2 垄言剔（傷）吕	作「自己」解	郭頁 226
	上（一）‧紂‧7 則民至（致）行吕靷（以）兑（悅）上	作「自己」解	上（一）頁 181
	上（四）‧內‧8 如㳄吕记	作「自己」解	上（四）226
	上（五）‧姑‧5 导志於吕	作「自己」解	上（五）244
	上（五）‧姑‧9 吕，立於廷	作「自己」解	上（五）248
紀	帛乙四 是胃亂絽	作「法紀、準則」解	帛頁 50
	上（二）‧子‧7 亦絽	上段簡殘，待考	上（二）頁 190
	上（二）‧容‧31 敊（尋）聖（聲）之絽	作「法紀、準則」解	上（二）頁 275
	上（三）‧彭‧5 五絽	待考	上（三）頁 306
今	上（二）‧子‧8 在含（今）之殜	作「時間」	上（二）頁 192
	上（二）‧容‧50 含（今）受為無道	作「時間」	上（二）頁 290
	上（三）‧中‧20、25 含（今）之翠=	作「時間」	上（三）頁 277、281
	上（四）‧柬‧9 含（今）夕不殺	作「時間」	上（四）頁 203
	上（四）‧柬‧20、22 含（今）日	作「時間」	上（四）頁 213、214
	上（五）‧競‧4 含（今）此祭之夏（得）福者也	作「時間」	上（五）頁 170
	上（五）‧競‧8 含（今）內之不夏	作「時間」	上（五）頁 174

	上（五）·鮑·5 豊含（今）（豎）逓（刁）	作「時間」	上（五）頁 186
	上（五）·姑·5 含（今）宝君	作「時間」	上（五）頁 244
	上（五）·姑·6 至於含（今）才（哉）	作「時間」	上（五）頁 245
	上（五）·弟·21 含（今）之殜（世）	作「時間」	上（五）頁 280
	上（五）·季·8、14 歐含（今）語肥也	作「人名」解	上（五）214、222
肣	望一·125 坅（社）□亓古膌	作「祭品」解	望頁 79
丙	帛丙一 酉子	作「干支」解	帛頁 71
	望一·9 酉辰之日	作「干支」解	望頁 69
	望一·66 酉丁	作「干支」解	望頁 74
	望一·68 乙酉少□	作「干支」解	望頁 74
	天卜 酉戌之日	作「干支」解	楚簡頁 1210
	天卜 酉辰之日	作「干支」解	楚簡頁 1210
	包二·31、50、191 鄰酉	作「人名」解	包頁 45、57、180
	包二·183 酈酉	作「人名」解	包頁 98
	包二·36、54、68、225 酉戌之日	作「干支」解	包頁 48、59、68、237
	包二·163、166 酉寅	作「干支」解	包頁 169、186
	包二·168、175、185 酉午	作「干支」解	包頁 186、198、170
	包二·168、171、181 酉戌	作「干支」解	包頁 186、198、185
	包二·173、186 酉辰	作「干支」解	包頁 198、170

	包二‧165、184、185 啙申	作「干支」解	包頁 169、170、170
	包二‧42 啙申之日	作「干支」解	包頁 51
	九‧五六‧39 啙、丁城（（成）日	作「干支」解	九頁 49
	九‧五六‧40 啙丁吉	作「干支」解	九頁 50
	新零‧109 ☐之，啙唇之日	作「干支」解	新頁 408
	新零‧418 啙☐	作「干支」解	新頁 407
怲	包二‧146 佔辻大敏李悤之金五益	作「人名」解	包頁 148
	上（二）‧從（甲）‧8 悤（怲）則亡新（親）	作「憂」解	上（二）頁 222
軿	帛書殘片	通「軿」	楚簡頁 1186
巫	天卜 盟禱晉猪靁鋤樂之	指「從事祭祀、卜筮之人」	楚簡頁 463
	天卜 八月逕佩玉於晉	指「從事祭祀、卜筮之人」	楚簡頁 463
	天卜 遊晉	指「從事祭祀、卜筮之人」	楚簡頁 463
	新甲三‧15、60 甬（用）受籙元龜、晉筶曰	作「筮具」解	新頁 441
丞	天卜 晉貞吉	作「恆」解	楚簡頁 1124
	包二‧233 晉貞吉	作「恆」解	包頁 240
粗	曾 214 所贊石梁讃贊椢	通「俎」	曾頁 129
宰	曾 154、155 崒尹臣	作「官職名」	曾頁 112
	曾 175、210 大崒	作「官職名」	曾頁 120、126
耕	郭‧成‧13 戎（農）夫炅（務）飤（食）不強嗍	作「耕」解	郭頁 140
訏	郭‧尊‧15 則民話以募（寡）信	作「訏」解，詭訛義	郭頁 134

桓	帛乙二 天桓牘乍瀘	作「棓」字解	帛 42-44
組	曾二 2、5、14、25、26、29、32、76、89 屯瓃組之綏	作「組帶」解	曾頁 43、56、65、68-71、91、93
	曾二 8、19、23、36 瓃組之綏	作「組帶」解	曾頁 59、67、68、71
	曾二 8、19、57、58、59、73 紫組之綏	作「組帶」解	曾頁 59、67、82、83、90
	曾二 56 屯紫組之綏	作「組帶」解	曾頁 82
	曾二 10 組珥填	作「組帶」解	曾頁 60
	曾二 64 紫組珥	作「組帶」解	曾頁 85
	曾二 31 組緯	作「組帶」解	曾頁 70
	曾二 36 組綏	作「組帶」解	曾頁 71
	曾二 50 毚組	作「組帶」解	曾頁 79
	曾二 53、71、75 毚組之綏	作「組帶」解	曾頁 81、89、90
	曾二 53 縳組之緯	作「組帶」解	曾頁 81
	曾二 54 組之緯	作「組帶」解	曾頁 81
	曾二 63、75、88 紫組之緯	作「組帶」解	曾頁 85
	曾二 63、64 紫組之斁	作「組帶」解	曾頁 85
	曾二 86 組綏	作「組帶」解	曾頁 93
	曾二 122 屯玄組之縢	作「組帶」解	曾頁 99
	曾二 123 紫組之縢	作「組帶」解	曾頁 100
	曾二 123 組繯	作「組帶」解	曾頁 100

	曾二 126、131 吳絹之縢	作「組帶」解	曾頁 102、104
	曾二 131 臺紳之縢絹	作「組帶」解	曾頁 104
	曾 175 大宰之馴為左驂	作「官職名」解	曾頁 120
	曾 210 大宰鴋	作「官職名」解	曾頁 126
脰	包二・278 反 柔脰（脰）尹之人盬愳告絀多命目（以）賕	作「官職名」解	包頁 319
等	包二・9 □簿□以內（入）	作「記事之簡冊」解	包頁 14
	包二・13、127 大宮痎內氏簿	作「記事之簡冊」解	包頁 11、117
	包二・133 子郘公命鄲右司馬彭懌為儳笑笕簿	作「記事之簡冊」解	包頁 126
	包二・157 反 鄝少宰邶訫以此簿至命	作「記事之簡冊」解	包頁 164
	包簽 廷簿	作「記事之簡冊」解	包頁
	郭・緇・4 為下可穎（類）而簿也	作「等第」解	郭頁 53
	上（五）・季・7 呂簿屖=	通作「誌」	上（五）頁 212
筮	新甲三・15、60 甬（用）受絉元龜、晉簹曰	作「筮」解	新頁 441
	新甲三・72 □以孿之大形簹為君貞	作「卜筮」解	新頁 393
	新甲三・113 酈嘉以衛疾之簹為坪夜君貞	作「卜筮」解	新頁 379
	新甲三・189 卜簹為祏	作「卜筮」解	新頁 384
	新乙四・59 □□馬之簹復為君□	作「卜筮」解	新頁 373
	新乙四・100 □□簹為君貞	作「卜筮」解	新頁 368
	郭・緇・46 不可為卜簹也	作「卜筮」解	郭頁 67

	上（三）·周·9 备箺	作「卜筮」解	上（三）149
緷	曾 45、53 貂定之緷	作「緣飾、繫綏」解	曾頁 75、81
	曾 4、35、41、89、91 豻尾之緷	作「緣飾、繫綏」解	曾頁 52、71、72、93
	曾 10、21、71、86 豻𣯩之緷	作「緣飾、繫綏」解	曾頁 60、68、89、93
	曾 4、43、50、51 貂緷	作「緣飾、繫綏」解	曾頁 52、73、79、80
	曾 51、66 豻緷	作「緣飾、繫綏」解	曾頁 80、87
	曾 98 脫𣯩之緷	作「緣飾、繫綏」解	曾頁 95
	曾 28、115 絕緷	作「緣飾、繫綏」解	曾頁 69、97
騬	曾 146 其𦍌之少騬為左驂	讀為「騰」，閹割過的馬	曾頁 109
靜	郭·老甲·5 古（故）天下莫能與之（爭）	作「爭」字解	郭頁 7
箺	郭·魯·7 ☑录（祿）箺（爵）者	作「雀」解，通「爵」	郭頁 178

四、心（正文頁 84）

增偏 旁字	有此寫法之簡	用　法	出　處
反	郭·窮·15 古（故）君子憚於忍吕（己）	作「反省」解	郭頁 176
邵	望一·1、3、10、13 邵固	作「人名」解	曾頁 68、69
	望一·88、110 邵王	作「王名」解	曾頁 75、77
	常二 ☑之走與邵新王之悁佶辻尹邵逯以王命	作「王名」解	楚簡頁 927
	包二·226、228、230、234、236、242 邵䖒	作「人名」解	包頁 239、240
	包二·267 邵戠	作「人名」解	包頁 293

	文例	釋義	出處
含	郭・成・2 而能含慇者	解為「含」	郭頁144
	郭・語二・13 含生於忩	疑讀為「貪」	郭頁204
其	郭・六・41 下攸（修）其杳	作「代詞」解	郭頁120
	郭・忠・1 不其（欺）弗智	通「欺」	郭頁161
	郭・語二・26 其生於輭	通「忌」	郭頁202
	郭・語二・27 惻（賊）生於其	通「忌」	郭頁202
	郭・語四・13 是胃（謂）自其	通「欺」	郭頁229
尚	包二・197、199 竆（躬身）惝毋又咎	作「尚」解	包頁209
易	包二・138 黃惖	作「人名」解	包頁127
	包二・157 屈惖	作「人名」解	包頁164
	包二・163 周惖	作「人名」解	包頁169
	包二・163 隋惖	作「人名」解	包頁169
	郭・老甲・14 大少（小）之多惖必多䧄	作「容易」解	郭頁14
	郭・老甲・16 難惖之相成也	作「容易」解	郭頁15
	上（二）・從（甲）・17 是目曰㝛=難得而惖夏也	作「容易」解	上（二）頁230
	上（二）・從（甲）・18 是目曰少人惖㝵而難夏也	作「容易」解	上（二）頁230
	上（三）・彭・6 述惖之心不可長	作「警惕」解	上（三）頁307
	上（四）・曹・46 少則惖輚，屹成則惖	作「易」解	上（四）頁274
哀	新零九・甲三・23、57 於（嗚）唬（虖）懷哉	作「悲哀」解	新頁442

	郭‧語二‧31 悁生於惥（憂）	作「悲哀」解	郭頁 203
	上（二）‧民‧4 悁樂相生	作「悲哀」解	上（二）頁 159
	上（五）‧弟‧4 䚃（亂）而悁聲	作「悲哀」解	上（五）頁 269
祈	新乙四‧113 命惥福☐	作「祈」解	新頁 443
軋	上（二）‧從（甲）‧16 曰軋（犯）廣軏見	文意不明	上（二）頁 229
害	郭‧尊‧23 余（除）憲智（知）生	作「危害」解	郭頁 132
	郭‧尊‧38 遵（轉）而大又（有）憲者	作「危害」解	郭頁 130
	郭‧尊‧38 又（有）是攷（施）少（小）又（有）憲	作「危害」解	郭頁 130
衰	郭‧窮‧10 非其智懷也	作「衰敗」解	郭頁 174
戚	新甲三‧10 少（小）又（有）外言感也	作「哀戚」情緒	新頁 368
	新乙四‧95 牁（將）感之	作「哀戚」解	新頁 367
	新零‧204 ☐女子之感	作「哀戚」解	新頁 401
	郭‧性‧34 感斯歎	作「哀戚」解	郭頁 100
	郭‧性‧34 惥（憂）斯感	作「哀戚」解	郭頁 100
	郭‧性‧30 感肰（然）以終	作「哀戚」情緒	郭頁 98
	郭‧唐‧13 用感	作「哀戚」解	郭頁 155
葴	郭‧性‧30 葴肰（然）以冬（終）	作「戚然」解	郭頁 98
	郭‧唐‧13 用葴	作「戚然」解	郭頁 155
勞	郭‧六‧16 愁其葬（股）忲（肱）之力弗敢單（憚）也	作「勞動」解	郭頁 113

新	包二・191 新大廄螢慾	作「人名」解	包頁 180
豊	郭・性・22 芺（笑）豊之淺澤也	作「禮」解	郭頁 209
	郭・性・23 樂豊之深澤也	作「禮」解	郭頁 209
彊	郭・語二・34 彊生於眚（性）	作「強大」解	郭頁 203
親	上（二）・昔・3 能事丌（其）-（親）	作「親」解（父母）	上（二）頁 244
霝	郭・語一・34 豊繁樂霝則戚	作「美好」解	郭頁 189
	郭・語一・35 樂絲（繁）豊霝則謾	作「美好」解	郭頁 189
難	郭・老甲・16 難惕（易）之相成也	作「困難」解	郭頁 14
	郭・老丙・13 不貴難得之貨	作「難得」解	郭頁 41
	郭・性・25 則誖（悖）女（如）也斯難（嘆）	通「嘆」	郭頁 96
	郭・性・32 難（嘆），思之方也	通「嘆」	郭頁 99
	郭・性・35 戚斯難（嘆）	通「嘆」	郭頁 100
	郭・六・49 戻（民）相新（親）也難	作「困難」解	郭頁 121
	郭・語四・14 唯（雖）難之而弗亞（惡）	作「忌憚」解	郭頁 230
	上（三）・中・12 難為從正	作「困難」解	上（三）頁 272
	上（三）・中・20 難目內（納）諫	作「困難」解	上（三）頁 277
	上（三）・彭・2 難易欮欮	作「困難」解	上（三）頁 305
	上（五）・弟・4 韋（回）子難曰	通「嘆」	上（五）頁 269

五、攵（正文頁91）

增偏旁字	有此寫法之簡	用 法	出 處
比	上（三）·周·10 外比之，亡不利	作「比附」解	上（三）頁150
牢	新乙四·128 兄（祝）亓（其）大牢	作「祭品」解	新頁419
祖	包二·266 皇紫五	通「俎」字	包頁284
量	上（四）·曹·32 既戰牆歔，為之	作「衡量」解	上（四）頁264

六、止（正文頁92）

增偏旁字	有此寫法之簡	用 法	出 處
上	包二·236、242、245 既腹心疾以走愛不甘飤	作「逆」解，指氣喘	包頁223
	新乙四·9 汲（及）江，走逾取▢	作「上」解	新頁441
	郭·成·6 餘（由）走之弗身也	作「上位者」解	郭頁139
	郭·成·7 是古（故）走句（苟）身備（服）之	作「上位者」解	郭頁139
	郭·成·9 走句（苟）昌（倡）之	作「上位者」解	郭頁139
	上（四）·逸·3 皆走皆下	作「上下」之上解	上（四）頁176
	上（四）·曹·36 緡（申）攻（攻）走賢	通「尚」	上（四）頁266
	上（五）·鮑·7 死而走稅亓型	通「尚」	上（五）頁189
升	曾150 右走徒	作「官職名」解	曾頁110
及	新乙四·9 盍江，走逾取向（槀）▢	作「至」解	新頁441
	上（二）·容·19 四海之內盍	作「來至」解，指來朝覲	上（二）頁265

死	郭‧緇‧32 而坙以行	作「永恆」解	郭頁 63
來	天卜 從十月以至坙哉之十月	作「來」解	楚簡頁 525
	包二‧132 反 蕎尹俕駜從郢以此等坙	作「來」解	包頁 129
	新甲三‧117、120、248 坙歲之夏柰	作「來」解	新頁 378、383
	郭‧老乙‧13 終身不坙	與求字為形近混用，讀為救	郭頁 34
	郭‧性‧25 雚（觀）坙、武	讀為「賚」，《詩》篇名	郭頁 97
	郭‧性‧28 坙武樂取（趣）	讀為「賚」，《詩》篇名	郭頁 98
	郭‧成‧36 坙者信	作「來」字解	郭頁 143
	郭‧窮‧4 邵（呂）宔（望）為牂坙瀘	作「地名」解	郭頁 171
	郭‧窮‧10 驎（驥）駙張山驤空於邵坙	作「地名」解〔註1〕	郭頁 171
	郭‧語一‧99 亡又（有）自坙也	作來去之「來」字解	郭頁 197
	郭‧語四‧2 坙言剔（傷）呂（己）	作來去之「來」字解	郭頁 227
	郭‧語四‧21 若四旹（時）一遣一坙	作來去之「來」字解	郭頁 232
	上（一）‧性‧15 觀坙	通「賚」，《詩》篇名	上（一）頁 241
	上（三）‧中‧18 猒坙	作來去之「來」字解	上（三）頁 276
	上（四）‧曹‧32 坙告曰	作來去之「來」字解	上（四）頁 263
	上（五）‧競‧5 曷牺坙	作來去之「來」字解	上（五）頁 171
	上（五）‧三‧6 行遑（往）視坙	作來去之「來」字解	上（五）頁 292

〔註 1〕白於藍：〈郭店楚墓竹簡考釋（四篇）〉《簡帛研究》（桂林：廣西師範大學出版社，2001），頁 197。

	上（五）・三・14 為善福乃埊	作來去之「來」 字解	上（五）頁 298
	上（五）・三・15 天飤必埊	作來去之「來」 字解	上（五）頁 298
	上（五）・三・16 四方埊矗	作來去之「來」 字解	上（五）頁 299
	上（五）・弟・5 子曰：少子，埊，取余言	作來去之「來」 字解	上（五）頁 270
轇	包二・267 鹽薦之轇絹	字義不詳	包頁 294
降	郭・五・12 心不能隥	作「放下」解	郭頁 75
	上（二）・容・40 隥自鳴攸（條）之述（遂）	作「降服」解	上（二）頁 282
	上（五）・三・2、3 天乃隥材（災）；祭（異）	作「降下」解	上（五）頁 289； 290
隕	上（五）・三・14 天材（災）繩繩（繩繩），弗殺（滅） 不隉	作「隕」解	上（五）頁 298
鄖	包二・174 鄖邑人鄴邖	作「地名」解	包頁 198

七、毛（正文頁 96）

增偏 旁字	有此寫法之簡	用　法	出　處
雜	包二・95 胃（謂）杏鼉其弟銘天	作「聚集」解	包頁 91

八、冖（正文頁 97）

增偏 旁字	有此寫法之簡	用　法	出　處
卒	包二・82 邵卒	作「人名」解	包頁 79
	包二・199 聿（盡）卒歲䢼—（躬身）㥾（尚）毋 又咎	作「結束」解， 指一年的結束	包頁 211

	包二‧201 事王盡卒戠躬身尚毋又咎	作「結束」解，指一年的結束	包頁 211
	新甲一‧16 卒戠或至顕（夏）	作「結束」解，指一年的結束	新頁 371
	新甲二‧8 ☐志（悶）卒歲或至夏柰	作「結束」解，指一年的結束	新頁 383
	新甲三‧87、154、158、248 卒歲	作「結束」解，指一年的結束	新頁 383
	新甲三‧154 ☐……吉。一卒	作「結束」解，指一年的結束	新頁 386
	新乙四‧46、102、34、85 卒歲	作「結束」解，指一年的結束	新頁 398、397、371、371
	新零‧17 卒歲	作「結束」解，指一年的結束	新頁 398
	新零‧215 心志（悶）、卒☐	作「結束」解，指一年的結束	新頁 383
	新零‧584、甲三‧266、277 卒遂或至☐	作「結束」解，指一年的結束	新頁 383
	郭‧緇‧7 下民卒担（疸）	作「卒」，終於、最後之意	郭頁 55
	郭‧緇‧9 卒裝（勞）百眚（姓）	作「卒」，終於、最後之意	郭頁 55
	上（一）‧孔‧25 大田之卒章	作「卒」，終於、最後之意	上（一）頁 156
	上（一）‧紂‧6 卒裝（勞）百眚（姓）	作「卒」，終於、最後之意	上（一）頁 180
	上（二）‧昔‧4 君卒	作「卒」，君死之意	上（二）頁 246
	上（二）‧容‧13 而卒立之	作「卒」，終於、最後之意	上（二）頁 259
	上（三）‧中‧23 至恧之卒也	作「卒」，終於、最後之意	上（三）頁 280
家	天卜 以承豙占之	作「人名」解	楚簡頁 678
	天卜 軋騰志以保豙為君月貞	作「人名」解	楚簡頁 678
	天卜 軋騰志以保豙為邸肪君勍貞	作「人名」解	楚簡頁 678

天卜 弁丑習之以保豪占之	作「人名」解	楚簡頁 678
天卜 鹽丁以保豪為君月貞	作「人名」解	楚簡頁 678
帛丙二‧3 可以豪女	通「嫁」	帛頁 74
望一‧17 遊豹以保（寶）豪為愬固貞	作「人名」解	望頁 69
包二‧197 鹽吉以保豪為左尹𦤶貞	作「人名」解	包頁 209
包二‧200、202、203、206、248 鄰公子豪	作「人名」解	包頁 209、210、 221、242
包二‧212、218、249 保豪	作「人名」解	包頁 224、232、 249
新乙二‧25、新零‧205、新乙三‧48 𣬉（許）定以陵尹憚之大保（寶）豪為 貞	作「人名」解	新頁 402
九‧五六‧15 下 □法遲（徙）豪	作「家」解	九頁 47
九‧五六‧17 下 屚豪室	作「家」解	九頁 47
九‧五六‧21 下 豪子	通「嫁」	九頁 47
九‧五六‧29、41 豪女	通「嫁」	九頁 48、50
九‧五六‧29 豪祭	作「家」解	九頁 48
郭‧老乙‧16 攸（修）之豪	作「家」解	郭頁 36
郭‧老丙‧3 邦豪	作「家」解	郭頁 38
上（二）‧从（甲）‧2 邦豪	作「家」解	上（二）頁 216
上（二）‧从（乙）‧1 邦豪	作「家」解	上（二）頁 233
上（三）‧周‧8 啟邦丞豪	作「家」解	上（三）頁 147

上（三）·周·22 不豕而飤	作「家」解	上（三）頁 167
上（三）·周·52 坿亓豕	作「家」解	上（三）頁 207
上（三）·中·2 河東之城（盛）豕	作「家」解	上（三）頁 264
上（三）·中·3 亓豕	作「家」解	上（三）頁 266
上（四）·柬·12 邦豕	作「家」解	上（四）頁 205
上（五）·姑·1、2、3、5、6、7、8、 9、10 姑成豕父	作「家」解	上（五）頁 240 ～249

九、臣（正文頁98）

增偏 旁字	有此寫法之簡	用　法	出　處
僕	望二·11 僕娶紫☐	作「僕」解	望頁 120
	包二·15 僕五帀宵偦之司敗若	作「人名」解	包頁 23
	包二·15 盤牁岑埶僕之偦	作「人名」解	包頁 23
	包二·15 登僕	作「人名」解	包頁 23
	包二·15 僕以告君王	作「人名」解	包頁 23
	包二·15 詎僕於子左尹	作「人名」解	包頁 23
	包二·16 命為僕至典	作「人名」解	包頁 23
	包二·16 僕又典	作「人名」解	包頁 23
	包二·16 新告辻尹不為僕斷	作「人名」解	包頁 23
	包二·16 僕裻偦頸事牆廛	作「人名」解	包頁 23

包二・128 反 喬差儀受之	作「人名」解	包頁 117
包二・133 並殺儀之覜朋	作「人名」解	包頁 126
包二・133 命為儀捕之	作「人名」解	包頁 126
包二・133 儀以詰告子=郙=公	作「人名」解	包頁 126
包二・133 為儀英等	作「人名」解	包頁 126
包二・135 而倚執儀之覜緹	作「人名」解	包頁 126
包二・135 舍之正國執儀之父逾	作「人名」解	包頁 126
包二・135 苟冒趄卯並殺儀之覜朋	作「人名」解	包頁 126
包二・135 儀不敢不告於見日	作「人名」解	包頁 126
包二・137 反 儀君造言之	作「人名」解	包頁 127
包二・137 反 儀命速為之斷	作「人名」解	包頁 127
包二・137 反 儀犄之	作「人名」解	包頁 127
包二・155 襄陵之行儀宮於鄢	作「人名」解	包頁 160
包二・155 椥足以儀	作「人名」解	包頁 160
包二・155 儀命恒椥足若	作「人名」解	包頁 160
包二・155 不以告儀	作「人名」解	包頁 160
磚三七0・1 儀不敢不告	作「人名」解	楚簡頁 234
磚三七0・1 與什門之里人一寶告儀言胃	作「人名」解	楚簡頁 234

磚三七０・１ 某翌與慶儵玸之下	作「人名」解	楚簡頁 234
磚三七０・２ 未智其人舍儵對	作「人名」解	楚簡頁 234
磚三七０・２ 朓殺儵之玽	作「人名」解	楚簡頁 234
磚三七０・３ 朓殺儵之玽	作「人名」解	楚簡頁 234
磚三七０・３ 孝儵不智其人今儵敢之某	作「人名」解	楚簡頁 234
郭・老甲・２ 視索（素）保儵	通「僕」，指淳樸	郭頁 6
郭・老甲・13 牺貞（鎮）之以亡名之儵	通「僕」，指淳樸	郭頁 13
郭・老甲・18 儵唯（雖）妻（微）	通「僕」，指淳樸	郭頁 23
郭・語四・18 割（害）而不儵	通「仆」	郭頁 23
上（三）・周・53 僮儵之貞	作「僕從」解	上（三）頁 208
上（四）・昭・３、４、６、８、９ 儵之	作「自我之謙稱」	上（四）頁 184、185、187、189
上（四）・柬・20 儵之言	作「自我之謙稱」	上（四）頁 213

十、言（正文頁99）

增偏 旁字	有此寫法之簡	用　法	出　處
樂	郭・五・29 讓則又（有）悳（德）	作「禮樂」解	郭頁 81
	郭・五・29 和則讓	作「禮樂」解	郭頁 81
	郭・五・50 眘（聞）道而讓者	作「禮樂」解	郭頁 87

十一、百（正文頁 99）

增偏旁字	有此寫法之簡	用　法	出　處
巾	信二‧02 純紫絥之帬	作「巾」解	信頁 128
	信二‧05 純赤綿之帬	作「巾」解	信頁 129
	信二‧09 一祝邊之帬	作「巾」解	信頁 129
	信二‧015 七布帬	作「巾」解	信頁 129
	信二‧024 純綃帬	作「巾」解	信頁 130
	信二‧029 米純綃帬	作「巾」解	信頁 130
	包二‧272、276 霝光結綃帬	作「巾」解	包頁 301、302、317
	包二‧277 霝光之結綃帬	作「巾」解	包頁 317
	望二‧49 一緅帬奞帽	作「巾」解	望頁 112

十二、頁（正文頁 100）

增偏旁字	有此寫法之簡	用　法	出　處
色	郭‧語一‧47 其豊（體）又（有）容又（有）頤	作「臉色、表情」解	郭頁 161

附錄二　第五章收錄字例之文例

第一節　生物類

一、木（正文頁 101）

增偏旁字	有此寫法之簡	用　法	出　處
匕	信二・027 一鈠杚	作「食具」解	信頁 130
戶	九・五六・27 秒（利）目申屎秀（牖）	作「戶」解	九頁 48
	郭・語四・44 不誓（慎）而屎之閟	作「戶」解	郭頁 226
	上（三）・周・52 闔朮屎	作「戶」解	上（一）頁 207
社	新甲三・347-1 覷於鄒于二袿	作「鬼神」解	新頁 446
	新甲三・285 其國（域）罴三袿	作「鬼神」解	新頁 457
	新甲三・325-2 馬人二袿	作「鬼神」解	新頁 450

新甲三・251 ☐祇一豬	作「鬼神」解	新頁 457
新甲三・308 一祇，一豬	作「鬼神」解	新頁 449
新甲三・353 固二祇	作「鬼神」解	新頁 448
新甲三・250 王虘二祇	作「鬼神」解	新頁 449
新甲三・362 埜二祇	作「鬼神」解	新頁 448
新甲三・372 ☐三祇	作「鬼神」解	新頁 459
新甲三・387 ☐寺二祇	作「鬼神」解	新頁 448
新甲三・317 浮四祇	作「鬼神」解	新頁 448
新甲三・334 關鄄三祇	作「鬼神」解	新頁 450
新甲三・349 二祇二黏	作「鬼神」解	新頁 446
新甲三・405 ☐祇一夅	作「鬼神」解	新頁 450
新乙二・7 ☐禱於其祇一豬	作「鬼神」解	新頁 455
新乙三・53、65 禱於其祇一豚	作「鬼神」解	新頁 455
新乙四・74 ☐祇一豚	作「鬼神」解	新頁 455
新乙四・76 ☐禱於雔鄅之祇一豚	作「鬼神」解	新頁 455
新乙四・88 棝里人禱於其祇☐	作「鬼神」解	新頁 454
新乙四・90 三祇☐	作「鬼神」解	新頁 457
新零・338 亓祇禝（稷）☐☐	作「鬼神」解	新頁 441
新零・430 ☐祇	作「鬼神」解	新頁 459

	上（五）・鬼・2 背 受首於只（岐）裋	作「地名」	上（五）頁 316
苊	郭・語四・10 車敽（蓋）之莖（醯）酺	通「蔽」	郭頁 228
巢	上（一）・孔・10 鵲樔之逼（歸）	作「鳥類的窩」 解	上（一）頁 139
糶	包二・273 糶輪	通「翟」	包頁 315

二、艸（正文頁 103）

增偏 旁字	有此寫法之簡	用　法	出　處
瓜	上（一）・孔・18 因木苽之保（報）	作「瓜」解	上（一）頁 148
	上（一）・孔・19 木苽又（有）臧𢗥而未尋（得）達也	作「瓜」解	上（一）頁 148
兆	郭・老甲・25 其未苝也	作「徵兆」解	郭頁 20
帚	信二・021 一筲箕、一菷	作「掃帚」解	信頁 130
怒	郭・老甲・34 未智（知）牝（牝）戊（牡）之會（合） 𦡳（朘）荟（怒）	通「怒」	郭頁 24
	郭・性・二 憙（喜）荟（怒）悡（哀）悲之變（氣）	通「怒」	郭頁 92
	郭・性・64 荟（怒）谷（欲）涅（盈）而毋暴	通「怒」	郭頁 106
	上（一）・性・1 憙（喜）荟（怒）哀悲之炁（氣）	通「怒」	上（一）頁 220
疥	新甲二・28 虞疥不出	作「疥」，疾病	新頁 394
	新甲三・198、199-2、291-1 疥不出	作「疥」，疾病	新頁 395
秋	天策 □蓲作□	作「秋」解	楚簡頁 63
	九・五六・54 蓲三月	作「秋」解	九頁 51

留	包二・169 某子嘗	作「人名」解	包頁 186
	上（一）・紂・21 君子不自嘗安（焉）	作「留」	上（一）頁 196

三、虫（正文頁 106）

增偏 旁字	有此寫法之簡	用　法	出　處
忧	新甲三・1 不為憂	通「憂」	新頁 399
	新甲三・61 ☑成敢甬解訛懌憂	通「憂」	新頁 441

四、馬（正文頁 106）

增偏 旁字	有此寫法之簡	用　法	出　處
匹	曾 129 暴馭邵甲	作「量詞」	曾頁 523
	曾 131 三馭畫甲	作「量詞」	曾頁 104

第二節　民生類

一、宀（正文頁 107）

增偏 旁字	有此寫法之簡	用　法	出　處
中	曾 18 审寶敏龐所馭少輇	作「官職名」解	曾頁 66
	曾 152 审寶尹之黃為左驂	作「官職名」解	曾頁 111
	曾 156 审城子之駟為左驂	作「人名」解	曾頁 113
	曾 207 入首此樿官之审	作「方位」解	曾頁 126
	曾 208 凡宮廄之馬所人長坽之审五韢	作「方位」解	曾頁 126

天卜 ☐期审牆弁眾☐	指一個時期內或其中間	楚簡頁 57
天卜 期审牆連去處不為友	指一個時期內或其中間	楚簡頁 57
天卜 期审又憙	指一個時期內或其中間	楚簡頁 57
天卜 期审少又悁穿	指一個時期內或其中間	楚簡頁 57
天卜 夜审又擭	指一個時期內或其中間	楚簡頁 57
天卜 期审牆大又憙事	指一個時期內或其中間	楚簡頁 57
天卜 期审牆又志事憙	指一個時期內或其中間	楚簡頁 57
天卜 三歲之审牆大又憙於王室	指一個時期內或其中間	楚簡頁 57
天卜 牆又亞於宮审	作「內」解	楚簡頁 57
天策 個审	作「內」解	楚簡頁 57
天策 白羽之审竿	作「內」解	楚簡頁 57
天策 蠿個审	作「內」解	楚簡頁 57
天策 絑羽之审竿	作「內」解	楚簡頁 57
九‧五六‧41 秒（利）目內（入）邦审	作「內」解	九頁 50
九‧五六‧46 丌审不壽	作「內」解	九頁 51
包二‧71 审易司敗	作「地名」解	包頁 70
包二‧71 不逿审易之仔門人	作「地名」解	包頁 70
包二‧97 审易剮盤邑人	作「地名」解	包頁 76
包二‧145 审龄戠歸之客	官名「中舍」	包頁 144

	包二・150 邔昜之牢申獸竹邑人	作「地名」解	包頁 154
	包二・167 申廄苛善	作「官職名」解	包頁 186
	包二・174 申廄駇鄝臣	作「官職名」解	包頁 198
	包二・198、215 期申又憙	指一個時期內或 其中間	包頁 209、225
	包二・221 期申尚毌又豪	指一個時期內或 其中間	包頁 232
	新甲三・236（中） 期之申疾	指一個時期內或 其中間	新頁 395
	郭・五・5 君子亡申心之憙則亡心申之智	作「內」解	郭頁 73
	郭・五・32 以其申心與人交	作「內」解	郭頁 82
	郭・五・33 申心詻（辯）狀而正行之	作「內」解	郭頁 83
	郭・六・12 唯（雖）才草茆（茅）之申	作「內」解	郭頁 112
	郭・成・24 型（形）於申	作「內」解	郭頁 137
	上（二）・容・6-7 於是虖方百里之申	作「內」解	上（二）頁 255
	上（二）・容・21 申正之栔（旗）目澩（熊）	作「方位」解	上（二）頁 266
	上（三）・亙・8 先又（有）申	作「內」解	上（三）頁 295
	上（三）・周・7 才（在）帀申吉	作「內」解	上（三）頁 145
忠	郭・性・39 忠，信之方也	作「忠」解	郭頁 100
	郭・性・41 唯宜（義）衍為忻（近）忠	作「忠」解	郭頁 101
	郭・六・2 忠與信憙	作「忠」解	郭頁 111
	郭・六・5 非忠信者莫之能也	作「忠」解	郭頁 112

	郭・六・17 胃之以忠夏（事）人多	作「忠」解	郭頁 113
	郭・六・35 宜夏（使）忠	作「忠」解	郭頁 118
	郭・尊・4 忠為可信也	作「忠」解	郭頁 126
	郭・尊・21 忠信日益而不自智（知）也	作「忠」解	郭頁 131
	郭・尊・33 不忠則不信	作「忠」解	郭頁 129
	上（二）・從（乙）・4 恩（溫）良而忠敬	作「忠」解	上（二）頁 237
反	包二・96 漕宭人軛臣訟漕宭之南易里人陞緩	作「地名」解	包頁 91
目	郭・五・45 耳官鼻口手足六者	作「目」解	郭頁 72
厇	新甲三・11、24 宅茲�（沮）、章（漳）	作定居、居住解	新頁
	上（五）・三・6 宅人於官	通「托」	上（五）頁 292
邑	望二・47 四膚皆慶宭	作「官職名」解	望頁 112
	天策 絵宭	作「官職名」解	楚簡頁 698
	包二・12 漾陵大宭痎	作「官職名」解	包頁 21
	包二・12、128 漾陵宭夫=	作「官職名」解	包頁 21
	包二・13、127 大宭痎內氏錚	作「官職名」解	包頁 21、118
	包二・47 不迲顥宭夫=	作「官職名」解	包頁 55
	包二・53、81 宭司馬	作「官職名」解	包頁 58、78
	包二・62 屈犬少宭陞申以廷	作「官職名」解	包頁 65
	包二・67 郯邯大宭屈旎	作「官職名」解	包頁 67

	包二·126 宣大夫	作「官職名」解	包頁 117
	包二·130 枼宣夫=	作「官職名」解	包頁 121
	包二·155 襄陵之行儔宣於鄂	作「官職名」解	包頁 160
	包二·157 鄢宣夫=	作「官職名」解	包頁 164
	包二·188 䢵宣夫=	作「官職名」解	包頁 179
	包二·259 縞宣	通「囊」解	包頁 274
	包二·260 綌宣	通「囊」解	包頁 274
	新甲三·348 閒壆大宣果之述☐	作「官職名」解	新頁 447
或	包二·10 尻於鄭㦰之少桃邑	由堤防形成的居 住、耕作區域	包頁 16
	包二·77 李斲耳以斆田於章㦰	由堤防形成的居 住、耕作區域	包頁 74
	包二·83 訟羅之麻㦰之圣者邑人邔女	由堤防形成的居 住、耕作區域	包頁 80
	包二·124 死於郚㦰東敔邵戊之笑邑	由堤防形成的居 住、耕作區域	包頁 115
	包二·125 耵㦰之客葦	由堤防形成的居 住、耕作區域	包頁 115
	包二·143 鄝㦰䲡敔公鄈君之泉邑人黃欽	由堤防形成的居 住、耕作區域	包頁 142
	包二·151 左馹番戊龡田於䢵㦰斆邑	由堤防形成的居 住、耕作區域	包頁 155
	郭·緇·9 隹(誰)秉㦰成	作「國」解	郭頁 55
	上(四)·曹·16 大=㦰=	作「國」解	上(四)頁 253
惑	上(二)·容·20 思民毌惑	作「疑惑、懷疑」 解	上(二)頁 265
留	郭·緇·41 君子不白留女〈安(焉)〉	作「保留」解	郭頁 66

集	天卜 櫽哉期审牺又憙	通「匝」，作「周匝」解	楚簡頁 373
	天策 櫽哉尚自利訓	通「匝」，作「周匝」解	楚簡頁 373
	包二・10 复戲上連罨之還櫽疒族澗一夫	作「集」解	包頁 16
	包二・12、209、212、216、226 櫽哉	通「匝」，作「周匝」解	包頁 17、224、224、225、239
	包二・21 不遷櫽獸黃辱	作「官職名」解	包頁 34
	包二・194 櫽腥鳴	作「官職名」解	包頁 207
	信二・024 櫽楮之器	作「人名」解	《信陽楚簡》頁 130
	新甲三・325-1 刖於霧（喪）丘、桐櫽	作「地名」解	新頁 451
	郭・五・42 君子櫽大成	作「集成」解	郭頁 72

二、彳（正文頁 111）

增偏旁字	有此寫法之簡	用　法	出　處
長	郭・尊・14 則民埶（褻）陵㣻貴以忘	作「長者」解	郭頁 134

三、糸（正文頁 112）

增偏旁字	有此寫法之簡	用　法	出　處
丹	望二・48 絹紙之繝（襠）	作紅色解	望頁 126
帶	天策 二為之繻	作「帶」解，長型條狀物，可用於綑扎、裝飾或傳動。	楚簡頁 721
	仰二五・14 革繻又玉鐶	作「帶」解，長型條狀物，可用於綑扎、裝飾或傳動。	匯頁 53

仰二五・30 一纀繃	作「帶」解，長型條狀物，可用於綑扎、裝飾或傳動。	匯頁 55
望二・48 一岢戈七會繃	作「帶」解，繫劍之帶	望頁 127
望二・49 一緯繃	作「帶」解，繫劍之帶	望頁 127
望二・49 三緯繃	作「帶」解，長型條狀物，可用於綑扎、裝飾或傳動。	望頁 127
九・五六・3 繃鐱（劍）	作「帶」解，長型條狀物，可用於綑扎、裝飾或傳動。	九頁 49
包二・219 遾完繃於二天子	作「帶」解，長型條狀物，可用於綑扎、裝飾或傳動。	包頁 232
包二・231 由攻祝遾繃取完繃於南方	作「帶」解，長型條狀物，可用於綑扎、裝飾或傳動。	包頁 239
信二・02 一索緯繃	作「帶」解，長型條狀物，可用於綑扎、裝飾或傳動。	信頁 128
信二・02 一組繃	作「帶」解，長型條狀物，可用於綑扎、裝飾或傳動。	信頁 128
上（二）・容・51 繃麾（甲）三千	作「攜帶」解	上（二）頁 291
上（二）・容・51 繃麾（甲）萬人	作「攜帶」解	上（二）頁 291
上（三）・周・5 緯繃	作「帶」解，長型條狀物，可用於綑扎、裝飾或傳動。	上（三）頁 144
上（四）・柬・2 工滄至繃	疑讀為「蹛」	上（四）頁 196

黃	仰二五・7 一紫繪之筍纐緷	作「黃色」解	匯頁 64

四、肉（正文頁 113）

增偏 旁字	有此寫法之簡	用　法	出　處
尹	新零・200、323 陵肙（尹）懌☐	作官職名「尹」 解	新頁 406
舌	郭・語四・19 若齒之事胋（舌）	作「舌頭」解	郭頁 232
虎	曾 8、32、42、65、99 脁氊之磊	作「虎」解，指 材質為虎皮	曾頁 59、71、73、 86、95
	曾 24 脁霖	作「虎」解，指 材質為虎皮	曾頁 68
	曾 93 脁㓟之霂	作「虎」解，指 材質為虎皮	曾頁 94
	曾 103 脁首之㯝	作「虎」解，指 材質為虎皮	曾頁 95
	曾 13、26、29、36、65、105、曾一正 脁鞥	作「虎」解，指 材質為虎皮	曾頁 65、69、70、 71、86、96
	曾 18、28 脁首之霂	作「虎」解，指 材質為虎皮	曾頁 66、69
	曾 98 脁氊之㯝	作「虎」解，指 材質為虎皮	曾頁 95
羕	新乙二・16 袿（社）一滕（羕）	作「祭品」解	新頁 455
	新乙三・53、65 禱於亓（其）袿（社）一滕（羕）	作「祭品」解	新頁 455
	新乙四・74 袿（社）滕（羕）	作「祭品」解	新頁 455
	新乙四・76 禱於雓鄩之袿（社）滕（羕）	作「祭品」解	新頁 455
	新零・163 袿（社）禝（稷）滕（羕）	作「祭品」解	新頁 441
	新零・196 亓（其）袿（社）一滕（羕）	作「祭品」解	新頁 445
	新零・308 飤滕（羕）台（以）滕（羕）	作「祭品」解	新頁 443

五、辵（正文頁115）

增偏旁字	有此寫法之簡	用法	出處
上	包二・150 貣（貸）辻薗（虞）知王金不賽，辻薗（虞）之客苛盼內之	作「地名」解	包頁154
及	包二・122、123 孔弗返	作「及」解	包頁108
	信一・02 天返於型者	作「及」解	信頁125
	新甲三・268 返江、灘（漢）、汦（沮）、漳	作「及」	新頁440
	新零・259 ☑返☑	作「及」解	新頁441
	郭・老乙・7 返虖亡身	作「及」解	郭頁32
	上（二）・民・12 它（施）返孫=	作「及」解	上（二）頁172
	上（二）・民・13 它（施）返四國	作「及」	上（二）頁173
去	天卜 期申牆遑法處不為友	作「去」解	楚簡頁174
	天卜 ☑期申法處以是故攷	作「去」解	楚簡頁174
	九・五六・15下 ☑法遑（徙）豕	作「離去」解	九頁47
	郭・老乙・8 若可（何）以法天下矣	作「寄」解	郭頁32
	郭・成・21 其法人弗遠悮	作「離去」解	郭頁146
	上（一）・孔・20 帑（幣）帛之不可法也	讀為「去」去除義	上（一）頁149
	上（二）・容・16 枼才（灾）法亡	作「離去」	上（二）頁262
	上（二）・容・19 达蝨（苟）而行柬（簡）	作「去除」	上（二）頁264

兆	上（二）‧容‧41 法之桑（蒼）虖（梧）之埜	作「離去」	上（二）頁 282
兆	新零‧100 逃（㐪）亡（無）咎	作「兆」解	新頁 398
先	新甲三‧142-1 ☐选之璧	作「先」解先之 一璧	新頁 434
	新零‧337 ☐☐选	作「先祖」解	新頁 423
寺	上（二）‧昔‧2 目（以）告逪=人=（寺人）內（入） 告于君=（君，君）曰	作「官職名」解	上（二）頁 244
兌	郭‧老甲‧27 閉其谻	作「孔竅」解	郭頁 21
	郭‧老乙‧13 賽其谻	作「孔竅」	郭頁 34
	郭‧老乙‧13 啟其谻	作「孔竅」	郭頁 34
	郭‧性‧46 人之谻然可與和安者	通「悅」	郭頁 102
來	九‧五六‧44 凶某迷迊飤故	作「來」解	九頁 50
	新零‧146 ☐義目迷☐	作「來」解	新頁 464
	上（二）‧容‧47 七邦迷備（服）	作「來」解	上（二）頁 288
	上（三）‧周‧9 冬（終）迷又他吉	作「來」解	上（三）頁 148

六、食（正文頁 118）

增偏 旁字	有此寫法之簡	用　　法	出　　處
匕	信二‧1 二韋飳	作「食器」解	信頁 128

第三節　器物類

一、刂（正文頁 119）

增偏旁字	有此寫法之簡	用　法	出　處
宰	天策 剴尹	作「官職名」解	楚簡頁 688
	包二・37 福昜剴尹	作「官職名」解	包頁 48
	包二・157 命少剴尹	作「官職名」解	包頁 48
	包二・266 一靭椢	作「官職名」解，掌膳食	包頁 48
	上（三）・中・1 貞（使）中（仲）弓為靭	作「官職名」解，掌膳食	上（三）頁 264
	上（三）・中・4 貞（使）讐（雍）也從於靭夫之逡（後）	作「官職名」解，掌膳食	上（三）頁 266
	上（四）・柬・10、11、13、14、17、19、20、21、22、23 大剴	作「官職名」解	上（四）頁 204、205、206、207、210、212、213、214、215

二、玉（正文頁 120）

增偏旁字	有此寫法之簡	用　法	出　處
圭	新零・207 珪璧	作「圭玉」解	新頁 441
	郭・緇・35 白珪（圭）之石	作「圭玉」解	郭頁 64
	上（一）・紂・18 白一（圭）之砧尚可磊（磨）	作「圭玉」解	上（一）頁 194
	上（二）・魯・2 女（如）毋惡（愛）珪璧幣帛於山川	作「圭玉」解	上（二）頁 206
	上（五）・鮑・3 珪璧	作「圭玉」解	上（五）頁 184

三、疒（正文頁 121）

增偏旁字	有此寫法之簡	用　法	出　處
膚	新甲三‧110 ☑癉一也	膚可能誤書	新頁 388
	新乙一‧31、25 癉疾	作「膚」，皮膚病	新頁 384
	新乙二‧5 ☑癉疾	作「膚」，皮膚病	新頁 323

四、羽（正文頁 121）

增偏旁字	有此寫法之簡	用　法	出　處
羽	包二‧277 二翠翠	作武器「矛」解	包頁 318
	天策 兩馬之儓翠	作武器「矛」解	楚簡頁 363
	天策 長翠	作武器「矛」解	楚簡頁 363
	天策 ☑索兩馬長翠鐘☑	作武器「矛」解	楚簡頁 363
	天策 兩長翠☑	作武器「矛」解	楚簡頁 363
	望二‧9 耑翠喉	作武器「矛」解	望頁 108

五、臼（正文頁 122）

增偏旁字	有此寫法之簡	用　法	出　處
牙	曾‧156 慸舀尹之黃為右驂	通「與」，官職名	曾頁 113
	曾‧165 頤舀坪之駰為左驂	作「人名」解	曾頁 116
	郭‧緇‧9 君舀員（云）	作「牙」字解，《尚書》篇名〈君牙〉	郭頁 55

	上（一）·紂·6 君圉員（云）	作「牙」字解，《尚書》篇名〈君牙〉	上（一）頁180
	上（五）·競·5 鞄（鮑）圉（叔）圉	作「人名」解	上（五）頁171
本	郭·六·41 孝，杏也	作「根本」解	郭頁120
	郭·六·42 下攸（修）基杏	作「根本」解	郭頁120
	郭·成·10 不求者（諸）其杏而攻（攻）者（諸）其末	作「根本」解	郭頁140
	郭·成·11、15 不反其杏	作「根本」解	郭頁140
	郭·成·12 君上卿「鄉（享）」成不唯杏	作「根本」解	郭頁140
	郭·成·14 竆（窮）藻（源）反杏者之貴	作「根本」解	郭頁140
	上（一）·孔·5 目為丌杏	作「本」解	上（一）頁132
枕	信二·023 一繪索楛	作「枕」解	信頁130
邾	包二·85 鄐羅	作「人名」解	包頁82
	包二·85 鄐敢	作「人名」解	包頁82
	包二·97 鄐齊	作「人名」解	包頁82
	包二·186 偌迅羅鄐和	作「人名」解	包頁170
	包二·193 鄐媵	作「人名」解	包頁206
	新甲三·398 鄐豎之述	作「人名」解	新頁446
	新甲三·322 鄐余榖之述	作「人名」解	新頁447
沈	郭·窮·9 初湛酓	作「沉」字解	郭頁173

酓	天卜 邻酓尹迣以釟荅為君月貞	作「官職名」解	楚簡頁 1255
	包二・138 酓差鄰惑	作「官職名」解	包頁 127、205
	包二・165 囂酓尹之州加馱毘	作「官職名」解	包頁 176、205
	包二・177 大室酓尹烬	作「官職名」解	包頁 205

六、貝（正文頁 123）

增偏 旁字	有此寫法之簡	用　法	出　處
亡	九・五六・96 貫於脣（辰）即	作「失去」解	九頁 55
	九・五六・96 貫於午☐	作「失去」解	九頁 55
	九・五六・97 凡貫日☐脣（辰）少日必导（得）	作「失去」解	九頁 55
	郭・老甲・36 箸（孰）多？貴（得）與貫（亡）箸（孰） 肪（病）	作「失去」解	郭頁 25
	郭・老甲・36 冋（厚）夔（藏）必多貫	作「損失」解	郭頁 25
富	上（一）・紂・11 而賠（富）貴𠂤迣（過）	作「富貴」解	上（一）頁 186
	上（一）・紂・22 翌（輕）鱻（絕）貧賤而至（重）鱻（絕） 賠（富）貴	作「富貴」解	上（一）頁 197
嗌	包二・110 攻尹嚐	作「人名」解	包頁 102
	包二・118 攻尹鯑嚐	作「人名」解	包頁 105
	郭・老甲・三五 嚐（益）生曰㒸（祥）	作「增益」解	郭頁 25
	上（一）・孔・11 則丌（其）思嚐矣	作「增益」解	上（一）頁 141
	上（一）・孔・21 審（湛）零（露）之嚐也	作「增益」解	上（一）頁 150

第四節　宗教類

一、卜（正文頁 125）

增偏旁字	有此寫法之簡	用　法	出　　處
兆	新甲二・10 ☐聿（盡）緩以卦玉	作「兆」解	新頁 434
	新甲三・4 太，備玉卦	作「兆」解	新頁 427
	新甲三・19 ☐卦亡（無）咎	作「兆」解	新頁 414
	新甲三・40 占之：卦不死	作「兆」解	新頁 381
	新甲三・43 卦亡（無）咎	作「兆」解	新頁 400
	新甲三・44 死（恆）占之，卦☐	作「兆」解	新頁 413
	新甲三・166、162 變（緩）之以卦玉	作「兆」解	新頁 428
	新甲三・170 緩之卦玉	作「兆」解	新頁 392
	新甲三・214 緩之卦玉	作「兆」解	新頁 425
	新甲三・217 卦亡（無）咎	作「兆」解	新頁 368
	新甲三・229 卦亡（無）咎	作「兆」解	新頁 372
	新甲三・365 卦亡（無）咎	作「兆」解	新頁 388
	新乙一・17、24 變（緩）之卦玉	作「兆」解	新頁 375、425
	新乙二・23 變（緩）之卦玉	作「兆」解	新頁 376
	新乙三・1 ☐卦無☐	作「兆」解	新頁 414
	新乙三・41 變（緩）之卦玉	作「兆」解	新頁 425

	新乙四・23、38、71、122 ⿰兆卜亡（無）咎	作「兆」解	新頁 413、398、383、370
	新乙四・43 備（佩）玉⿰兆卜	作「兆」解	新頁 430
	新乙四・96 ⿱亯京（就）禱大牢，⿰兆卜	作「兆」解	新頁 369
	新乙四・97 ⿱亯臺（就）禱璧玉⿰兆卜	作「兆」解	新頁 399
	新零・219 ⍁備（佩）玉⿰兆卜	作「兆」解	新頁 427

二、示（正文頁 125）

增偏旁字	有此寫法之簡	用　法	出　處
先	新甲三・268 舉禱於二楚⿰礻先各一痒（牂）	神靈楚先	新頁 440
	新乙三・41 是日就禱楚⿰礻先	神靈楚先	九頁 55425
客	包二・202 ⿰礻各於新父鄴公子豢戠牛	作「陪祀」解	包頁 217
	包二・202 ⿰礻各新母肥豣酉飤	作「陪祀」解	包頁 217
	上（四）・昭・5 古須（鬚）既⿰礻各	作「祭名」	上（四）頁 186
既	新零・127 ⍁⿱既示祝⍁	作副詞使用	新頁 432

第五節　其　他

一、丌（正文頁 127）

增偏旁字	有此寫法之簡	用　法	出　處
己	包二・69 陳异	作「人名」解	包頁 69
	包二・111 正昜公异	作「人名」解	包頁 103

包二・176 陽异	作「人名」解	包頁 199
包二・182 矗异	作「人名」解	包頁 185
郭・緇・11 則民至行异（己）以敚（說）上	作「自己」解	郭頁 56
郭・尊・5 學异（己）也	作「自己」解	郭頁 126
上（二）・從（甲）・18 行在异（己）而名在人	作「自己」解	上（二）頁 231
上（二）・從（乙）・1 則自异（忌）司（始）	作「猜忌」解	上（二）頁 234
上（五）・君・13 以為异	作「自己」解	上（五）頁 262
上（五）・君・14 □非以异名	作「自己」解	上（五）頁 263

二、于（正文頁 127）

增偏 旁字	有此寫法之簡	用　法	出　處
羽	曾 6 紫翠之常	作「羽」解	曾頁 56
	曾 42 屯鼀翠之翩	作「羽」解	曾頁 73
	曾 44 屯戠鼀翠	作「羽」解	曾頁 75
	曾 61 屯鼀翠翩	作「羽」解	曾頁 84
	曾 79 玄翠之首	作「羽」解	曾頁 92
	曾 81 戠翼白翠	作「羽」解	曾頁 92
	曾 106 彖翠之銲貼	作「羽」解	曾頁 96
	雨二一・3 姑侁之宮為濁吝王翠為濁	作「羽」解	楚簡頁 960
	雨二一・4 ☑之宮為濁獸□翠	作「羽」解	楚簡頁 960

包二‧128、141、195 少里喬塈尹孯	作「人名」解	包頁 117、142、184
包二‧188 訣孯	作「人名」解	包頁 179
包二‧253、254 二孯膚	作「羽」解	包頁 255

三、戈（正文頁 128）

增偏 旁字	有此寫法之簡	用　法	出　處
奇	郭‧老甲‧29 以戠甬（用）兵	作「哲學概念，變法」	郭頁 22
	郭‧老甲‧31 人多智（知）天（而）哦勿（物）慈（滋）记（起）	奇從可聲，故從可，作「珍奇之物」解	郭頁 23

四、坓（正文頁 128）

增偏 旁字	有此寫法之簡	用　法	出　處
兄	包二‧63 受其踵鼗朔	作兄弟之「兄」解	包頁 65
	包二‧84 胃殺其踵臣	作兄弟之「兄」解	包頁 81
	包二‧90、96 胃殺其踵	作兄弟之「兄」解	包頁 86、91
	包二‧102 以其為其踵蔡瓖斷不灋	作兄弟之「兄」解	包頁 95
	包二‧135 反 苛冒宣卯殺其踵叨	作兄弟之「兄」解	包頁 126
	磚三七〇‧1 其塱與儻踵之下	作兄弟之「兄」解	楚簡頁 787
	磚三七〇‧3 跳殺儻之踵	作兄弟之「兄」解	楚簡頁 787
	包二‧133 並殺儻之覩叨	作兄弟之「兄」解	包頁 126
	包二‧135 倚執儻之覩經	作兄弟之「兄」解	包頁 126

包二・136 苟冒趄卯並殺儃之覞玥	作兄弟之「兄」解	包頁 127
包二・135 反 郘之戠客或執遑之覞埕	作兄弟之「兄」解	包頁 126
包二・227 舉禱覞俤無逡者	作兄弟之「兄」解	包頁 239
上（四）・曹・35、42 父疌	作兄弟之「兄」解	上（四）頁 266、270
上（四）・逸多・1、19 覞及弟淇	作兄弟之「兄」解	上（四）頁 178
上（五）・三・11 恥父疌	作兄弟之「兄」解	上（五）頁 295

五、艸（正文頁 129）

增偏 旁字	有此寫法之簡	用　法	出　處
薆	望一・8 薆月	通「爨」	望頁 8

六、匚、耳、艸（正文頁 129）

增偏 旁字	有此寫法之簡	用　法	出　處
迻	包二・204 凡此箴也，既聿（盡）迻	讀為施，施行	包頁 220
	包二・210 迻酈（應）會之祝（說）	讀為施，施行	包頁 224
	包二・213 迻古（故）箴	讀為施，施行	包頁 225
	包二・214 迻石被裳之祝（說）	讀為施，施行	包頁 225
迻	天卜 新甲三・99、212、199-3、209、300、307	作「迻」解，驅逐義	新頁 419、390、416、418
迻	新零・270 ☑或一（遜）彭定之（說）☑	作「迻」解，驅逐義	新頁 415

七、攴、土、艸、口、火（正文頁130）

增偏旁字	有此寫法之簡	用　法	出　處
鄗	新甲三・183-2、221、258、299 敳郖	作「地名」解	新頁 403、464、404、403
	新乙一・12、16、18；26、2 敳郖	作「地名」解	新頁 402、372、379、372
	新零・216 敳郖	作「地名」解	新頁 405
	上（二）・容・31 敳聖（聲）之絽（紀）	作「順沿」解	上（二）頁 274
	新甲一・3 鄗郖	作「地名」解	新頁 403
	新甲二・6、30、15 鄗郖	作「地名」解	新頁 404
	新甲二・22、23、24 鄗郖	作「地名」解	新頁 404
	新甲三・159-2、178、204、215、240 鄗郖	作「地名」解	新頁 403、404、378、381、371
	新乙一・20 鄗郖	作「地名」解	新頁 403
	新乙四・2、66、67 鄗郖	作「地名」解	新頁 405、377
	新甲三・259 壑（鄗）郖	作「地名」解	新頁 405
	新甲三・30 ▨□公城鄗之歲	作「地名」解	新頁 399
	包二・120 鄗里	作「地名」解	包頁 108
	新乙三・29 鄗郖	作「地名」解	新頁 443
	新甲三・223 嘟郖	作「地名」解	新頁 405
	新乙四・16 嘟郖	作「地名」解	新頁 403
	新甲二・13 鄭（鄗）郖	作「地名」解	新頁 405